追放されたS級鑑定士は最強のギルドを創る 4

【火竜の島《ファフニール》】

大きな火山が地形とダンジョンを形成している島。特殊装備の材料となる『レアメタル』の一大産地であり、世界中の冒険者が集う唯一の土地でもある。

【巨大な火竜《グラン・ファフニール》】

『火竜の島』の火口に生息し、災害を引き起こす強力なモンスター。自身の戦闘力もさることながら、モンスターを生み出す力も持ち合わせており、一筋縄では攻略することのできない存在。

【鑑定士】

他者のスキルやステータスを鑑定するスキルを所持する者が就く職業。鑑定スキルの中には、現在の能力だけではなく、成長限界をも見定めるスキルも存在する。

追放された
S級鑑定士は
最強のギルドを創る
4

CONTENTS

モニカは『ファング・ドラゴン』が
駆け上って来る地点を割り出し、
最後の力を振り絞って弓矢を構える。
モニカの方へ
不用意に飛び込んできた『ファング・ドラゴン』は、
一瞬空中をゆっくりと漂う。
その一瞬を逃すことなく、『一撃必殺』で
モニカ

『ファング・ドラゴン』を仕留めた。
（うっ）
アイナの柔らかい体つきの感触が
ロランの体の至るところを刺激してくる。
「ア、アイナ。そろそろ……」
ロラン
アイナ

追放されたS級鑑定士は最強のギルドを創る 4

瀬戸夏樹

OVERLAP

イラスト／ふーろ

酒場での謀議

「うー。チクショウ。ルキウスの奴《やつ》め」

その男は場末の居酒屋で酒を呷《あお》っていた。

「うーい。ヒック。全く、どいつもこいつも。ワシをバカにしおって。一体ワシを誰だと思っておる。Aクラス冒険者のセバスタだぞ」

「元Aクラスの間違いでしょう？」

「なにぃ？」

セバスタは突然自分に話しかけてきた男を睨《ね》め付けた。

男はセバスタの威圧にもめげず、彼の占拠していたテーブルに相席する。

「あなたは『冒険者の街』で、暴行事件を起こし、遁走《とんそう》した。その結果、定期的に更新しなければならない冒険者としての資格も切れて今やAクラス冒険者の資格を失った」

「なんだ貴様は！　このワシが誰か分かっているのか。無礼だぞ」

「あなたと同じく、『冒険者の街』を追い出された者ですよ」

「むっ、それは『魔法樹の守人』の紋章か？」

セバスタは男の提示した紋章に目を凝らす。

「ええ。『魔法樹の守人』で鑑定士をしていたウィリクと申します」

「鑑定士……ということは」

「そうです。ロランが来たせいでギルドをお払い箱になったんですよ」

「……ふん。二流ギルドの人間同士が潰しあったからといってなんだというのだ。失《う》せろ。ワシはお前なんぞに構ってる暇はない」

「ロランが『金色の鷹《たか》』のギルド長になった、と言ってもか？　セバスタの父《と》っつぁん」

ウィリクに続いて斧槍《ハルバード》を持った戦士《ウオーリアー》が相席してきた。

「お前は……、ギルバートじゃないか」

「よっ、久しぶりだな」

ギルバートは屈託のない笑みをセバスタに向けた。

「ロランが『金色の鷹』のギルド長だと？　いや、それよりもまさか、お前まで『金色の鷹』を抜けたのか？」

「抜け出したんじゃねぇよ。ロランに追放されたんだ」

「何だと？」

「あ、言っとくけどな、俺は何も悪いことなんてしてないんだぜ。それどころか、あいつのために進言したんだよ。第1部隊と第2部隊の融和を進めた方がいいってな。ギルドがバラバラの状態じゃ、みんな不安に思うだろ？　そしたら……、ったくロランの奴ったらよぉ。酷《ひど》いもんだぜ。部隊間の対立を煽《あお》るわ、密偵や密告を駆使した工作活動でギルドの内務を滞らせるわ。おかげでギルド内はギスギスしちまってさ。挙げ句の果てにゃ、俺に責任を押し付けやがった。まるで俺を裏切者のように仕立て上げて、ギルドメンバーを扇動し、吊《つ》るし上げの末追放処分だからな。あの野郎、ギルド長に就任したのをいいことにやりたい放題だぜ。まるで独裁者だ」

「なんと。ロランが……そんな事を……」

セバスタは絶句した。

「聞かせてくれ。俺が街を出た後、一体何があったんだ」

ギルバートは話した。

セバスタやウィリクが出て行った後の出来事を彼独自の脚色を加えながら。

「第2部隊が解体されただと？」

「ああ、第2部隊にはルキウス派の人間が多数いたからな。目障りだったようだぜ」

「ロランが……、ワシの第2部隊を！」

実際にはセバスタは第2部隊の連中から見捨てられていたが、彼の中では未《いま》だに自分が第2部隊の統括者であった。

「俺はあいつに言ったんだぜ。セバスタの父っつぁんを呼び戻すべきだって。そうすれば

第2部隊を統御できるって。第2部隊の奴らは内心でセバスタの父っつぁんのことを敬慕していたからな。なのにあいつときたらなんて言ったと思う？　『セバスタを呼び戻すつもりはない。なぜならセバスタを街から追放するよう取り計らったのはこの僕だからさ』だとよ。全てはあいつの手の平の上だったってことさ」

「ルキウスも彼の手で謀殺されました。暗くジメジメとしたダンジョンの洞窟内でロランの配下に取り囲まれた末、惨殺されたそうです。表向きは正当防衛ということになっていますが、まあ、十中八九ロランが事実を歪《ゆが》めて伝えたのでしょう」

「おのれロラン！」

セバスタは割れんばかりの勢いで酒瓶を机に叩《たた》きつけた。

「まさか奴がそんな卑劣な男だったとは。こんな悪辣な話は聞いた事がない。ええい。ワシが『冒険者の街』に戻ることさえできれば、この手で天誅《てんちゅう》を加えてやるというのに！」

「ふふふ。セバスタさん。そう憤ることばかりではありません。ロランの動向に関して耳寄りな情報がありますよ」

「なに？」

「ロランは事業拡大のため『火竜の島《ファフニール》』に向かっているそうです」

「『火竜の島《ファフニール》』？　というと、あのSクラスモンスター『巨大な火竜《グラン・ファフニール》』が出現するという？」

「ええ。そこで我々はロランに一杯食わせるための算段をしています。どうです？　我々に協力していただけますか？」

「なるほど。そういうことなら話を聞こう。お前達《たち》の計画を聞かせてみろ」

「んじゃ、本題に入るぜ」

ウィリクとギルバートはロランの計画を妨害するための謀《はかりごと》について話し始めた。


「なるほど。確かにその方法ならロランを懲らしめてやる事ができるかもしれん」

「どうだ？　セバスタの父っつぁん。俺達の計画に乗る気になったか？」

「もちろんだ。ロランの奴を潰すためならなんだってしよう」

「ふふふ。では決まりですね。今後、我々は秘密ギルド『ロラン被害者の会』として行動します。では、誓いの儀式をしましょう」

3人は店員に命じてテーブルの上に盃《さかずき》を並べさせる。

「我々はどんな困難があろうとも誓いを破らず結束し、共に行動を続けます。ロランを破滅に追い込むその日まで」

「ロランをこの斧槍《ハルバード》で叩っ斬るその日まで」

「ロランから第2部隊をこの手に取り戻すその日まで」

3人は互いに盃を酌み交わし、酒を飲み干した。

内海を取り囲むようにして東西南北それぞれの方向に位置する4つの大陸。

その4つの大陸を巡回して船が辿《たど》り着く終点の地、『火竜の島《ファフニール》』。

その島に向かう巡航船の客室でロランは寛《くつろ》いでいた。

船の鳴らす汽笛の音を聞きながら、ロランはここ数週間の出来事に思いを馳《は》せる。

ロランがギルド長を辞任した後、『金色の鷹』の体制は、6人の執行役が話し合いと多数決によって決定を下す合議制へと移行した。

執行役にはロラン及び各部隊の隊長を始め、外部役員としてリリアンヌやランジュも名を連ねた。

彼らに任せておけば『金色の鷹』のことは問題ないだろう。

こうしてロランはギルドの許可を取って、『火竜の島《ファフニール》』に出張することになったというわけだ。

ロランは回想に浸るのをやめて、この船の行き先である『火竜の島《ファフニール》』について書かれたパンフレットを取り出した。

『火竜の島《ファフニール》』には1つ大きな火山があり、それが地形とダンジョンを形成している。

住人は火山との共生に上手《うま》く適応しており、飛んでくる火山灰と火の粉から身を守れるよう特殊な材質で家屋を建設し、規則に則《のっと》って街づくりが行われている。

ただ、そのような地元住民の営為をもってしても『巨大な火竜《グラン・ファフニール》』による災害には対処しきれず、島の人々は常に外部の冒険者ギルドに救援を求めている。

今回、『金色の鷹』も住民のそういった要請に応えて、『巨大な火竜《グラン・ファフニール》』討伐に名乗りを上げようというわけだった。

冒険者達が『火竜の島《ファフニール》』を訪れるのは、『巨大な火竜《グラン・ファフニール》』だけが理由ではない。

島でしばしば起こる火山の噴火は、地中の特殊な成分を表出させ、それらは固形化することで他では採れない珍しい鉱石『レアメタル』となり、火山の表面を覆う。

そのように『火竜の島《ファフニール》』は特殊装備の材料となる『レアメタル』の一大産地であるため、昔から錬金術が盛んで、街の錬金術ギルドはロランのいた『冒険者の街』とは比べ物にならないほど質が高いという。

この『レアメタル』と優秀な錬金術師達によって作られる装備、それらを求めて『火竜の島《ファフニール》』には毎年世界中から冒険者達が集まってくる。

そのため、異なる大陸の冒険者同士が資源を求めて争い合う唯一の土地でもある。

ロランがパンフレットを読み耽《ふけ》っていると再び汽笛の音が聞こえてきた。

船が『火竜の島《ファフニール》』に近づいていることを示すものだ。

（世界的にも水準の高い錬金術師達、4つの大陸から集まってくる冒険者達、火山地帯の植生を反映したモンスターとアイテムか。あの島には一体どんな冒険が待っているんだろう）

船はロランのワクワクした気持ちを乗せたまま、港へとその船体を滑り込ませてゆく。

竜の熾火

ロランが港に降り立つと、商人風の男が駆け寄って来た。

「よお、ロランよく来たな」

「ディラン、久し振りだね」

ロランはディランと再会を祝して握手した。

ディランは『冒険者の街』にもよく来る顔馴染《かおなじ》みの商人だった。

今回、ディランには『金色の鷹』と業務提携する錬金術ギルドを紹介してもらうことになっていた。

『冒険者の街』では『精霊《せいれい》の工廠《こうしょう》』を介して冒険者を支援することができたが、街から遠く離れた『火竜の島《ファフニール》』ではそうもいかない。

そこで今回は現地で支援および業務提携してくれる錬金術ギルドを探した方が賢明と判断したのだ。

「船旅は快適だったか？」

「ああ、おかげさまで」

「そいつは何よりだ。それじゃ、早速だけど商談に行こうぜ。馬車を手配してある」

ロランはディランの案内に従って、馬車に乗り込む。

「これから君に紹介する錬金術ギルド『竜の熾火《おきび》』はこの街でも有数の錬金術ギルドなんだ」

錬金術ギルドに向かう馬車の中でディランは言った。

「君の望む……ええと、なんだっけ？　そうそう『破竜槌《はりゅうつい》』！　君の望む『破竜槌《はりゅうつい》』を整備できる錬金術ギルド、設備や人員面でその要件を満たせるのはこの島ではこの錬金術ギルドだけだ。きっと君も気にいると思うよ」

「そうか。それは楽しみだな」

2人は大きめの建物の前で馬車を止めて、中に入っていった。

ロランが来訪を告げると、『竜の熾火』のギルド長が迎えてくれた。

恰幅《かっぷく》のいい体つきに、ハゲ頭、ニコニコと愛想のいい笑みを浮かべている、いかにも好《こう》好爺《こうや》という感じの男性だった。

「おお、あなたがかの名高い冒険者ギルド『金色の鷹《たか》』の執行役ロラン殿ですか」

「はい。ロラン・ギルと申します」

「『竜の熾火』ギルド長、ダン・メデスと申します。お話は伺っていますよ。ささ、こちらへどうぞ。我がギルドの工房《アトリエ》をご案内いたします」

メデスは2人を工房《アトリエ》の奥へと誘った。

「我がギルドは競争を理念にしていましてな。競争のみが本人の資質や才能を成長させ、適材適所と効率化を促し、ひいてはギルド全体の利益になる、というわけです」

（確かにみんな、スキルが高い。Bクラス以上は当たり前ってところか。ただ……）

ロランは金属をハンマーで成形している若い錬金術師を『スキル鑑定』してみた。

【若い錬金術師のスキル】

『鉱石採掘』：E→D
『鉱石精錬』：C→A
『金属成形』：B→B
『銀細工』：D→A

（最適な配置……とは言い難いか）

「ギルド長、少しよろしいですか？」

ロランとギルド長が連れ立って歩いていると、赤髪ツインテールの少女が駆け寄ってきた。

「おお、リゼッタ。ちょうどよかった。彼に挨拶しておきなさい」

ギルド長は彼女をロランに紹介する。

「彼女はリゼッタ。ギルド期待の若手錬金術師でしてな」

「リゼッタ・ローネと申します。お見知り置きを」

彼女は恭しく一礼した。

錬金術師用の地味な作業服に身を包んでいたが、それを思わせない可憐《かれん》さと華々しさをもつ少女だった。

「この方は『金色の鷹』の執行役、ロランさんだよ」

「まあ、あなたがあの高名な冒険者ギルドの？」

彼女はクリクリの目を潤ませてロランを見つめる。

「『金色の鷹』にはAクラス冒険者の方が沢山いらっしゃると聞いております。装備がご入り用の際は是非、私《わたくし》を担当に指名してくださいませ」

彼女はロランの手をギュッと摑《つか》みながら、言ってきた。

「ええ、是非……」

ロランはそう言いつつも彼女にほのかな警戒心を抱いた。

というのも、彼女は魅惑的過ぎた。

工房《アトリエ》の地味な服装なのにどこか肉感的に感じられる体つき、媚《こび》を含んだその表情からは、小悪魔的な魅力を感じさせる。

リゼッタはロランのことをジッと見つめながら話し続けた。

「『金色の鷹』にはあらゆる魔法に精通した万能魔導師や、1人でダンジョンを踏破できる重装騎士がいるとお聞きしています。ロランさんはどのような装備を身につけられるのですか？」

「えっと、僕は……」

「リゼッタ。ロラン殿は今、ウチの工房《アトリエ》を視察されているのだ。そういった交渉ごとは後にしなさい。お前の用事についても後で聞いてやるから」

ギルド長がそう言うと、リゼッタは不満に頬を膨らませながらも渋々引き下がった。

しかし、去り際ロランに一言かけるのは忘れなかった。

「ロランさん、またいつでもお声がけ下さいね。私、ロランさんがどのように冒険者として活躍されたのか詳しくお聞きしたいです」

リゼッタはウィンクしながらそう言うのであった。

その後、メデスはロランとディランの2人を、工房《アトリエ》内でも最も設備の充実した場所に案内した。

そこには3人の青年がいた。

「ご紹介します。ウチのエース達《たち》ですよ。彼ら3人と先ほど紹介したリゼッタの4人で

『カルテット』と呼ばれておりましてな。まさしくこの工房《アトリエ》を支える4人というわけですよ。おい、お前達。例のお客さんだ。挨拶しなさい」

メデスがそう言うと、3人のうち2人が作業を一時中断して、顔を上げる。

1人は甘いマスクの優男、もう1人はちょっといかつい感じで、髪を短く刈り上げた男。

「こっちの炉を操っている方がシャルル」

ギルド長が優男の方を指し示しながら言った。

「どうも」

「こっちの設計図を書いてる方がエドガー」

ギルド長が刈り上げの方を指し示しながら言った。

「ウィーッス」

「そして……、おいラウル。お客さんだと言っているだろ。作業を中断せんか」

名前を呼ばれて、3人のうち最後の1人、ラウルと呼ばれた青年はようやく振り返った。

ラウルはロランをジロリと睨《にら》む。

「テメーか。『金色の鷹』から来たっていう奴《やつ》は」

（なるほど。これは別格だ）


【ラウルのスキル】

『鉱石精錬』：Ａ
『製品設計』：Ａ
『金属成形』：Ａ
『銀細工』：Ａ
『魔法細工』：Ｓ

（錬金術師としての基礎スキルが全てＡクラス。加えてユニークスキル『魔法細工』はＳだ。この若さでこのスキル。まさしく天才か……）

ロランはラウルと相対しながら、気圧《けお》されていた。

天才のみ持つことを許された傲慢と自信。

それらはロランを圧倒するのに十分だった。

ラウルはズイと身を乗り出してロランに近づく。

「ロランとか言ったな。いいか、よく覚えておけ。『金色の鷹』の幹部だかなんだか知らんが、俺は雑魚と馴《な》れ合うつもりはない」

「これ、お前、お客さんに向かって……」

「『冒険者の街』で上手《うま》くいったからといってここでも上手くいくと思うなよ。この島には毎年世界中から冒険者がやってくる。俺達からすれば、何もお前らと契約を結ぶ必要はないんだよ。テメーらがろくなスキルもステータスも持っていないような雑魚なら、俺は担当を降ろさせてもらうぜ」

「期待に添えるよう頑張るよ」

ロランは和やかな笑みを向けて、握手の手を差し出す。

「……フン」

ラウルも一応握手に応じる。

メデスはホッと胸を撫《な》で下ろした。

「いや、ロラン殿は若いのに大人でいらっしゃる」

こうして、ロランは『竜の熾火』での顔合わせを済ませ、仮契約を結び、その日は工房《アトリエ》を後にするのであった。

難航

メデスはロランの案内を終えて、一息ついていた。

(ふー。やれやれ。くたびれたわい。まったく工房《アトリエ》の案内など余計なことをさせおって。これだから他所者《よそもの》は困る。どうせこの島で大手ギルドの注文に対応できるのはウチしかないというのに)

メデスは椅子に深く腰掛け、パイプに火を付けて、一服する。

(とはいえ、ロラン殿も実際に工房《アトリエ》を見て満足されたようだし。これでこの案件は成約したも同然……)

「ギルド長」

コンコンとドアのノックされる音と共に事務員が入ってくる。

「なんだいったい。こんな時間に」

「ギルド『霰《あられ》の騎士』からの特使と名乗る方がいらっしゃっています」

「ほう? 『霰の騎士』からの?」

『霰の騎士』といえば、北の大陸で名を馳《は》せた大手ギルドだ。

その名声は海を越えこの島にも轟《とどろ》いている。

「よし。今すぐ、ここへお通ししろ」

（『霰の騎士』のような大ギルドからの案件ともなれば、報酬も桁外れに違いない。これは大儲《おおもう》けのチャンスかもしれんぞ）

『霰の騎士』の特使として来た斧槍《ハルバード》の男がもたらしたその案件は、メデスの予想以上のものだった。

さらにその後、『白夜の剣』『氷河の狩人《かりゅうど》』といった大手ギルドからも特使が相次いでメデスの下を訪れた。


翌日、ロランは再びディランと共に『竜の熾火《おきび》』を訪れた。

契約の詳細について詰めるためだ。

（さて、ここからだ。昨日の感触からしてまず問題はないだろうが……、交渉では何が起こるか分からないからな。気を引き締めて取り掛からないと）

しかし、メデスの答えはにべもないものだった。

「値上げしたい？」

「いやー。申し訳ない。突然、鉱石が値上がりしてしまいましてな。提示された予算では足りなくなってしまったんですよ。そういうわけで、申し訳ないが、値上げさせていただきたい」

「それは……例えばいくらほど？」

「そうですなザッと4倍ほどに」

「4倍!?」

ロランが仰天したように言った。

「メデスさん、いくらなんでもそれはないでしょう？」

ディランが言った。

「昨日まではこちらの提示した価格でいいと仰《おつしや》っていたじゃありませんか。それをいきなり値上げですって？　一体どういうおつもりです？」

ディランがそう言うと、メデスは不快そうに顔をしかめた。

「なんですかな。そんなに我々の提示する価格に不満があるのなら、他の錬金術ギルドに依頼すればよろしいではありませんか。こちらとしてはあなた方と取引しなくとも一向に構わないんですよ？」

ロランとディランは互いに顔を見合わせた。


その後、ロランは、事態の解決に向けて奔走した。

ギルドに予算を申請し、『竜の熾火』と粘り強く交渉を続け、妥協点を探る。

しかし、結局それらは徒労に終わった。

『竜の熾火』から交渉打ち切りの通達がロランの下に届けられたのである。

破談

「メデスさん、これはどういうことですか？」

ロランは送られてきた交渉打ち切りの通達をメデスに突き出した。

「そうですよ。これではあんまりじゃありませんか！」

ディランも怒りを露《あら》わにして言った。

「どういうこと？　あんまり？」

メデスもメデスで怒りを露わにして、２人を睨み付ける。

「それを言いたいのはこっちの方ですよ。こっちはあんたらのせいで大口の取引を２つも逃したんだぞ！」

「俺達《たち》のせいで取引を逃した？」

「……？　どういうことですか？」

「あんたらと交渉中と知った途端、取引を停止すると言ってきたギルドが２つもあるんだよ！」

「なんだって!?」

「一体なぜ？」

「知らねーよそんなこと！　大口の取引が2つだぞ。2つ。こんなことがありえるか？　全てはロラン、あんたのせいなんだよ。この責任どう取るつもりだよ、ええっ？」

　メデスは好々爺《こうこうや》の仮面を脱ぎ捨て、ヤクザ顔負けのドスの利いた声で凄《すご》んできた。

「責任って……。そちらの取引について僕の方に言われても……」

「そうですよメデスさん。そちらの取引が上手くいかなかったからと言って、こちらに当たるのはお門違いだ。ロランが原因？　そんなはずない。何かの間違いだ！」

「それではあなた方はあくまで自分達に非はないと。そうおっしゃるわけですね？」

「もちろんです。彼が原因で取引が停止になるなど……、そんなことありえません。『冒険者の街』では誰もが知っている。ロランが数多《あまた》のAクラス冒険者を輩出してきたS級鑑定士であることを。彼についてよからぬ噂《うわさ》が立っているとしたら、それは彼を貶《おとし》めようとしている連中の陰謀に違いない！」

「S級鑑定士ねぇ」

　メデスはロランのことをジロジロと胡散臭《うさんくさ》げに睨《にら》む。

「そこなんですよ、ロランさん。我々が問題に思っているのは。あなたが鑑定士であること。それこそがこの疑惑の核心なのです」

「……どういうことですか？」

「たかが一《いち》鑑定士に過ぎないあなたが一体どうやって今の地位にまで登り詰めたのか。みんなそこに興味があるということですよ。つかぬ事をお聞きしますがね。一体どうやって鑑定士が冒険者を育てるのですかな？」

「一概には言えませんが、私の『スキル鑑定』なら、スキルの伸び代と隠れた才能、いわゆるユニークスキルを見つけることができます。『ステータス鑑定』は、ステータスの伸び代を判定して適切な訓練プランを策定できます。また『アイテム鑑定』を駆使すれば冒険者のために適切な装備を選定することができます」

「なるほど。あなたには冒険者の伸び代が分かるというわけですね。しかし、そのようなことで冒険者達があなたの指導についてきますかな？　ただでさえ我の強い冒険者達が、なんのスキルもステータスもないあなたに。甚だ疑問ですな」

「その疑問はごもっともです。これらの『鑑定』スキルはあくまでも前提条件にすぎません。私が最も重要に感じていること。それは育成を通した人間関係です」

「人間関係ぃ？」

メデスはますます胡散臭げにロランのことを見た。

「いいですかな。ロランさん。ワシも長年この業界でやってきていますがね。最後に頼れるのは自分のこの腕っ節。それだけですよ」

メデスはロランに向かって肘を上げ、力こぶを作り、もう片方の手でポンポンと叩《たた》いてみせる。

「……」

「とにかく、当ギルドはあなたと取引することはできません。この話はなかったことに。お引き取りいただけますな？」

『精霊《せいれい》の工廠《こうしょう》』支部

『竜の熾火』との協業が破談になり、ロランとディランはしばしの間、悲嘆に暮れた。

しかし、ロランはすぐに立ち直って、切り替える。

（ギルドには、必ず提携先を見つけてくると言ってきたんだ。このまま、タダで帰るわけにはいかない）

ロランは地元の錬金術ギルドを買収して、育てることにした。

（どうもこの島の錬金術と冒険者はおかしい）

冒険者の装備の損耗率が異様に高いのだ。

錬金術師のスキルが高いにもかかわらず、装備の損耗が激しいというのは奇妙なことだった。

付け入る隙がある。

そう判断したロランは、この島に錬金術ギルドを構え、『竜の熾火』と冒険者ギルドを観察できるポジションをとりつつ、『巨大な火竜《グラン・ファフニール》』を倒すチャンスを探ることにした。

そのことをディランに伝えると、彼も喜んで協力する、そう言ってくれた。

ロランは郵便局へ行って、業務提携が破談になったため島に滞在する期間が予定より長くなること、追加の資金が必要である旨《むね》を手紙に認《したた》めて、リリアンヌとランジュ、アリク宛に送った。

その後、島のクエスト受付所にて錬金術師を募集する。

ギルドの買収に関しては、幸い、すぐに買い手を探している街外れの工房《アトリエ》を押さえることができた。

裏には食堂がくっ付いていて、零細ギルドの冒険者向けに格安で食事を提供していた。

ロランは工房《アトリエ》の入り口にかけられた看板に『精霊《せいれい》の工廠《こうしょう》』の看板を付け加えた。

『精霊《せいれい》の工廠《こうしょう》』支部の誕生である。


ロランが精霊《せいれい》の工廠《こうしょう》支部を設立している頃、メデスは『霰《あられ》の騎士』の特使と名乗る男、ギルバートを工房《アトリエ》に迎えていた。

「申し訳ありませんな。何度もご足労いただいて」

「いえいえ、大したことではありませんよ。それで？　ロランとはその後どうなりましたか？」

「ご安心下さい。彼との協業ははっきりとお断りしました。この工房《アトリエ》には一切近づかないよう釘《くぎ》を刺しておきましたよ」

「おお、本当ですか？」

「ええ。やはり彼の言うことは信用できませんからな」

「よくご決断されました。賢明な判断です」

「それで……その……、依頼の件ですが……」

「ええ、無論、発注させていただきますよ。『竜の熾火《おきび》』さんがロランとの縁を切ったとあれば、進めない理由はありません。すぐ上に進言させていただきます」

「ありがとうございます。いや、それを聞いて安心しました」

ギルバートは『金色の鷹《たか》』の4倍の値段で発注するという破格の条件をメデスに提示していた。

さらにセバスタとウィリクを使ってロランの悪評を吹き込むという工作活動も行っていた。

それも2人に『白夜の剣』、『氷河の狩人《かりゅうど》』といった大手ギルドの特使を名乗らせ、仕事を持ちかけた上で、ロランを理由に断らせるという手の込みようである。

3つもの案件を失いそうになったメデスは、すっかりギルバートの策に乗って、ロランとの協業打ち切りを決断したというわけである。

「それはそうと付かぬ事をお聞きいたしますが、その後ロランの消息はどうなっていますか？」

「ああ、ロランですか。聞くところによると彼はこの島で錬金術ギルドを買収したそうですよ」

「えっ!?　ギルドを買収？」

「ええ、何を企《たくら》んでいるのか分かりませんが、まあ、どうせ大したことはできないでしょう」

「……そうですか」

　ギルバートは少し考え込むような仕草をした。

「どうかされましたかな？」

「いえ、メデスさん、よければなんですが、もしロランについて何か情報をキャッチしたら、今後も教えていただけませんか？」

「はあ、それは一向に構いませんが……」

「こう見えて、慎重な性格でしてね。なるべく不安要素は潰しておきたいんですよ。クズは目を離すと何をしでかすか分かりませんからねー。ちゃんと目を光らせておかないと」

　ギルバートは瞳の奥を暗く濁らせながらそう言うのであった。

　ロランがこの島のダンジョン及び冒険者ギルドの歴史について調べたところ、以下のことが分かった。

『冒険者の街』のダンジョンは異空間だったが、この街のダンジョンは現実世界と時間軸が同じ通常空間の延長であること。

『火竜の島《ファフニール》』の錬金術需要のうち7割近くが、島の外から来た冒険者向けのものであること。

また、この島では『冒険者の街』と違い、ダンジョン内でのPK《プレイヤーキル》行為が認められていること。

元々は禁止されていたPK行為だが、どれだけ行政が規制しても地元の冒険者ギルドが島外から来た冒険者を狙った追い剥ぎ行為をやめなかったこと、また外部のギルドに資源を取られてしまうため追い剥ぎ行為をしなければ生計を立てられないと地元ギルドからの強い抗議があったこと、これらのことから行政は追認する形でダンジョン内でのPK行為を許可することにしたのだ（ただし、アイテムや装備を差し出し降参した相手に対して危害を加えるなどいたずらに相手の生命および権利を脅かす行為は禁止されている）。

このようにしてPK行為は地元ギルドが島外のギルドに対抗することができる分野として、島の主要産業へと成長したわけだが、その弊害として元々脆弱《ぜいじゃく》だった島の冒険者ギルドが潰し合うことになり、ますます大ギルドが育ちづらくなってしまった。

（なるほど。この島の冒険者ギルドのほとんどが零細で、装備の損耗が激しかったのにはこういう背景があったのか。PK行為によってお互いの装備を破壊しあうから）

ロランは図書館でこれだけのことを調べると立ち上がった。

(冒険者同士のPK行為に、レア鉱石、島外からやってくる強大な冒険者ギルド、性質の異なるダンジョン。『冒険者の街』とは何もかもが違う。これは一筋縄ではいかなそうだな)

情報収集を終えたロランは、工房《アトリエ》へと戻った。

そろそろ、ギルドのメンバーに応募してきた錬金術師達《たち》が面接にやってきているはずだ。

(『竜の熾火』を出し抜いてこの島に拠点を築くには、少し優秀なだけでは足りない。ずばり、ユニークスキルの持ち主を見つけなければ)

面接室に入ってきたのは髪を後ろで縛り、活発で明るい印象の少女だった。

「アイナ・バークと申します。将来、自分の工房《アトリエ》を持つのが夢です」

【アイナ・バークのユニークスキル】
『外装強化《コーティング》』：E→A

(見つけた。ユニークスキルの持ち主。しかも……)

【アイナ・バークのスキル】

『金属成形』：C→A
『工房管理《アトリエ》』：C→A

（『金属成形』と『工房管理《アトリエ》』が将来的にはAのポテンシャル。工房《アトリエ》の中軸になりうる資質の持ち主だ）

「ウチは利益よりも冒険者のサポートを念頭に置いているんだ。いずれはウチの装備でAクラス冒険者を輩出したいと思っている」

「Aクラス冒険者を！　それは凄《すご》いですね」

「ウチに来ればAクラスの装備を作る技術を身につけられるよ。君さえ良ければ明日からでも働きに来て欲しいんだが」

「はい。是非よろしくお願いします！」

その日は彼女以外、特にめぼしい応募者は現れなかった。


翌日、ロランは早速、訪れたアイナを工房《アトリエ》内に案内する。

ロランはアイナを作業台に案内した。

「ここが君の作業台だ」

「わあ。これが私の作業台」

その作業台は使い古されているもののしっかりしたつくりだった。

長い間、荒っぽい作業に耐えた証《あかし》として、台の上には傷や衝撃痕が多数残っている。

アイナは作業台をコンコン叩《たた》いたりガタガタ揺らして机の脚元を確かめてみた。

「うん。少し年季は入っていますが、しっかりした台ですね。いいものが作れそう」

「今日の仕事だけど、とりあえず君には『金属成形』をやってもらう。よいしょっと」

ロランは作業台の傍らに積まれた箱を開けて、鉄の塊を取り出した。

作業台に安置して、『アイテム鑑定』する。

「ん。注文通りCクラスの鉄だな。さて、君にはとりあえずこの鉄を鍛えてもらって、威力50、耐久50以上の剣を10本作って欲しいんだ」

「クエスト共通規格でCクラスと定められている剣ですね」

「そう。この工房《アトリエ》では、契約している武器屋さんに毎日剣Cを10本納品しているんだ。それを君に担当してもらいたい」

「任せて下さい。私、『金属成形』は得意なんですよ」

アイナは早速、愛用のハンマーを取り出して作業台の前に立つ。

（よし。行くぞ。スキル『金属成形』！）

アイナがスキルを発動させると鉄の塊に光点がいくつか灯《とも》る。

その光点に向かってハンマーを振り下ろすと、ガァンという衝撃音と共に鉄の塊はグ

ニヤリと形を変える。

「はぁっ」

アイナは何度も鉄の塊を叩き続けた。

そのうちに鉄は剣の形になっていく。

「できました」

「お、できたか。見せてもらおう」

ロランは出来上がった剣を『鑑定』する。

【剣のステータス】
威力：55
耐久：52
重さ：50

「うん。きちんと威力・耐久共に50以上だ」

「よし。やった」

「とりあえずは大丈夫そうだね。それじゃあ、引き続き頼むよ」

「はい任せてください」

アイナは瞬く間に剣Cを3本完成させる。

（もう、3本も完成させたのか。速いな）

【アイナのステータス】
俊敏《アジリティ》：60－70

（俊敏《アジリティ》が高い分作業が速いんだ。だが、それだけじゃない。作業効率が良くなるよう工夫してる）

実際、彼女の剣を作るスピードはどんどん速くなっていった。

（今のところ、特に問題は見られない。この分ならタスクをこなしているうちに自然とスキルもアップしていくはずだが……）

ふと、側《そば》に人の気配を感じて、見るとそこに少女が立っていた。

表の食堂の看板娘、サキだった。

「よろしければどうぞ。あそこで作業している方の分も」

彼女はお茶を入れたポットとティーカップを差し出してくる。

「これはどうも。すみません。気を遣わせてしまって」

「いえいえ。こうして工房《アトリエ》を使っていただけるだけで助かります。おじいちゃんが作業できなくなって、使い道に困っていたところですから」

サキはお茶を入れたカップをロランに差し出すと、側に控えて一緒にアイナの作業を見守った。

どうやらこの時間帯手が空いて暇なようだ。

「凄いですね。彼女。あんなに重そうなハンマーを操って」

「うん。今の所は問題ないけれど……」

そうこうしているうちにアイナの動きが鈍ってくる。

6本目の剣を製作している途中のことだった。

「くっ」

ついにアイナはハンマーを上げるのにも難儀するようになった。

ロランは彼女のステータスを『鑑定』した。

【アイナのステータス】
腕力《パワー》：20（↓20）－50
（腕力《パワー》が急激に低下してる。不自然なほど。おそらくこれは……）

【アイナのステータス】
腕力《パワー》：20－50
耐久力《タフネス》：1（↓19）－30

（やはり。彼女の弱点は耐久力《タフネス》か）

やがて、アイナの体力《スタミナ》は底をつき、その場に膝をつきそうになる。

（やば。目眩《めまい》が……）

アイナがよろめきそうになると、誰かに肩を支えられるのを感じた。

「大丈夫かい？」

「あ、ロランさん」

「休みなよ。片付けは僕がやっておくから」

「すみません。急に疲れちゃって」

「なに。こういう日もあるさ」

アイナは側の椅子に腰掛けて息を整える。

ロランは作業台を片付けながら、さらに彼女のステータスを『鑑定』する。


【アイナのステータス】

耐久力《タフネス》：1－30→60－70

（耐久力《タフネス》の最終到達点は60－70か。『金属成形』を担う錬金術師として十分な数値だ。だが、現状クエストをこなすには低過ぎる。彼女の成長を加速させるためには……）

サポートスタッフ

　リゼッタはいつもより念入りに梳《と》かしてきた髪をクルクルと指に巻きながら、ギルドの工房《アトリエ》に入る。

（ふふっ。今日はロランさんの来る日。目一杯アピールしなくっちゃ）

「よお。リゼッタ」

「今日はいつにも増して綺麗《きれい》だね」

「あら、エドガー、シャルル。おはよう。ねえ。ロランさんはもう来てるかしら？」

　エドガーとシャルルは顔を見合わせてニヤリと意地悪く笑った。

「協業が無くなった!?」

　リゼッタは動揺したように言った。

「何よそれ。どういうこと？　一体なんでそんな急に……」

「あいつ偽物だったんだとよ」

「偽物？」

「身分詐称だよ。詐欺師なんだって」

「俺は最初から怪しいと思ってたぜ」

（偽物……あの人が？）

「お前、あいつに仕事もらおうと色目使ってただろ」

「残念だったね。当てが外れて」

2人はゲラゲラと笑い合う。

「それで、あの人は？　ロランさんは今どこにいるの？」

「街はずれで、錬金術ギルドを開いているみたいだぜ」

「錬金術ギルド？」

「そう。ギルド名は確か……『精霊《せいれい》の工廠《こうしょう》』だったかな？」

「一体何がやりたいんだか。当て付けのつもりかね？」

リゼッタは踵《きびす》を返して、出口に向かう。

「おい、どこ行くんだよ？」

彼女はそれには答えず、さっさと部屋を出て行き、不機嫌そうに大きな音を立てて扉を閉めた。

「チッ。なんだよ。あいつ」

「ほっときなよ。いつもの癇癪《かんしゃく》さ」

『竜の熾火《おきび》』を出たリゼッタは、真《ま》っ直《す》ぐ『精霊《せいれい》の工廠《こうしょう》』に向かった。

（ロランさんが本当に偽物かどうか。この目で確かめる）

ロランはまた面接を行っていた。

（アイナの耐久力《タフネス》を伸ばす。だが、現状では彼女1人でこの問題を解決するのは無理だ。彼女の弱点を補うスキル・ステータスの持ち主を探さなくては）

そうして、面接を進めているうちにおあつらえ向きな人物が現れた。

長身にがっしりした体格、そしてその体格とは裏腹に柔和な表情を浮かべる青年だった。

【ロディ・リービットのステータス】
腕力《パワー》：60－80
耐久力《タフネス》：60－90
俊敏《アジリティ》：30－40
体力《スタミナ》：60－80

（見つけた。耐久力《タフネス》Aクラス。それに……）


【ロディ・リービットのスキル】

『製品設計』：C↓A

（『製品設計』もAクラスのポテンシャルを持っている）

「ロディと言います。えっと、志望理由は今勤めてるギルドじゃ給料が低すぎて、弟達《たち》を養えないので」

「なるほど。ウチに来てくだされば、募集要項に記載した給与をしっかり払わせていただきますよ。それにスキルアップの支援も。ただ、最初はサブについてもらいたいのですが」

「いいですよ。この給与で雇っていただけるなら、サブでもなんでもやります」

「分かりました。それでは明日からでもすぐに来ていただけますか？」

「はい！」

その日は面接を打ち切った。

アイナは工房《アトリエ》への道すがら、昨日のことを思い出しながら歩いていた。

（昨日はノルマをこなせなかった。今日こそはちゃんと剣Cを10本作れるよう気合い入れて頑張らなきゃ）

アイナは工房《アトリエ》の入り口の前で深呼吸してから扉を開けた。

「おはようございます。今日もよろしくお願いします。えっ？」

元気良く挨拶しながら作業場の扉を開けたアイナだったが、そこにロランと見知らぬ男がいることに気づいて、目をパチクリさせる。

「おはようアイナ」

「あ、ロランさん、おはようございます。あの……、その人は？」

「紹介するよ。今日からウチの工房《アトリエ》で働いてもらうことになったロディだよ」

「あ、どうも」

ロディがペコリと頭を下げる。

「はあ。はじめまして」

アイナも頭を下げる。

「アイナ、彼には君のサブを務めてもらう」

「えっ!?　サブ？　わ、私のですか？」

「そうだよ。何か問題があるかい？」

「い、いやぁ。いいのかなーって思って。私にそんな予算をかけちゃって」

「いいんだよ。君にはそれだけの価値がある。そう思ってるからね」

アイナはドキリとした。

（すごい自信。まるで私が成長すると確信しているみたい……）

「それじゃ、始めていこうか。アイナ、君には今日もCクラスの剣を10本作ってもらうよ」

「はい」

「ロディ、君はアイナのサポートだ。彼女が『金属成形』に集中できるよう、あらゆる雑務をサポートしてあげて」

「はあ。それだけですか?」

「うん。彼女に余計な負担をかけたくないんだ」

「分かりました。力仕事は得意なので任せて下さい」

ロランはロディに剣成形作業の工程を教える。

「アイナ、君は成形作業に専念すること。もし何か注文があれば遠慮なく言って」

「は、はい」

2人は早速作業に取り掛かった。

ロディが鉄の塊を運ぶような力仕事を担当して、アイナは成形していく。

(なるほど。これならあまり疲れない。1人でやるより作業時間はかかるけれども、その分『金属成形』に集中できる!)

ロランは2人の作業を見守り続けた。

(剣C5本目。昨日はこの辺りから如実にアイナの腕力《パワー》と耐久力《タフネス》が落ち始めたが……)

【アイナのステータス】
耐久力《タフネス》：20－30

（よし、問題ない。これならいける）

ロランが2人の様子を見守っているとサキが昨日と同じようにお茶の差し入れをしてくる。

「どうぞ」

「サキ。そうか。もうお茶の時間か」

「あら？　新しく人が増えていらしたんですね。もう1つカップを持って来ればよかったわ」

「いいよ。あの2人の分があれば。今日は僕が遠慮しておく」

「1、2、3、4……、今、8本目の剣ですか。アイナさん、今日は疲れた様子を見せませんね」

「ああ、ロディがサポートに回ってくれることでアイナの負担が減ったんだ。時間とコストは普段よりかかるけれども、これなら……」

やがて台の上には本日10本目の剣を作るための鉄が載せられる。

（これで……、ラスト！）

アイナがハンマーを振り下ろすと、10本目の剣が出来上がる。

「や、やった。できた」

アイナは額の汗を拭いながら、感嘆の声を上げた。

「わあー。凄《すご》い」

サキが拍手した。

【アイナのスキル・ステータス】
『金属成形』：B（↑）
耐久力《タフネス》：40（↑20）－50（↑20）

「うーん。僕の目がおかしいのかな？　なんか最後にできた剣だけ他のと違うような？」

ロディが言った。

「ロディもそう思う？　実は私も違和感を覚えてて……」

「それは剣Bだよ」

ロランが言った。


【剣のステータス】

威力：70
耐久：50
重さ：50

「えっ？　それじゃあ……」

「おめでとう。アイナ、君はスキルアップしたんだ。今日から君はＢクラス錬金術師だよ。よっと」

　ロランは剣Ｂを持ち上げる。

「この剣は取っておこうか。剣Ｃとして納品するのは勿体無《もったいな》いしね」

「は、はい」

「アイナ、ロディ。今日はここまでだ。しばらくはこの体制でいくから。明日もよろしく頼むね」

「はい」

　ロディは不思議な感覚に包まれていた。

（なんだろう。今までの職場とは明らかに違う。ここは……、この人は……）

「探しましたわよ。ロランさん」

　突然、入り口から聴き慣れない声が響いてきた。

嫌に甘ったるい声だった。

一同、振り返って入り口の方を見る。

そこには赤髪ツインテールの少女がいた。

「君は……、確か『竜の熾火《おきび》』の……」

「リゼッタです」

彼女はニッコリと微笑《ほほえ》みかける。

苦悩する盾持ち

リゼッタは工房内《アトリエ》を見回した。

（工員は2人だけ。あの剣はBクラス……ってところかしら）

リゼッタはため息をついて肩を落とした。

（ロランさん。本当に偽物だったんですね）

「リゼッタ。一体何をしに来たんだい？　『竜の熾火』との協業は破談になったはずだが」

「ロランさん私《わたくし》はあなたにガッカリしました。私はあなたが『冒険者の街』の大手ギルド『金色の鷹《たか》』の幹部だと聞いたから、一緒にお仕事するのを楽しみにしていましたのに。ウソだったただなんて」

「ウソじゃないよ。僕は紛れもなく、『金色の鷹』の幹部、S級鑑定士のロランだ」

「では、なぜこんなくたびれた工房《アトリエ》で、くだらない作品を作っておいでなのです？」

「なんですって？　くだらない作品ってどういう……」

アイナが食ってかかろうとすると、リゼッタは銀のナイフを取り出した。

そのナイフは見るからに切れ味鋭く、造りも確かで、絶品と言っていいものだった。

「うっ」

【銀のナイフのステータス】
威力：50
耐久：50
重さ：10

（威力と耐久は剣Cと同じくらい。だが、その重さを鑑みれば、並みの錬金術師では作れない凄《すさ》まじいステータスだ）

「これは私が先日、試作品として作ったナイフです。あなた達《たち》にこれが作れて？」

「うぐっ」

　アイナは何も言えず引き下がる。

「私はこのナイフを1人でここまで鍛え上げました。一方で、その剣Bは既製品の域を出ない凡作。そのくらいのものが作れる人は『竜の熾火』内にはいくらでもいますわ。この程度のクオリティで満足している人が、3つのダンジョンを制覇したギルドを率いる冒険者とは到底思えません。ロランさん！」

　リゼッタは責めるようにロランの方を見た。

「あなた言っていましたわよね。『巨大な火竜《グラン・ファフニール》』を討伐すると。『竜の熾火』と協力してS

クラスモンスターを仕留めたいと。そのためにしていることがこのギルドですか？　あの言葉はウソだったんですか？」

「僕の言葉にウソは1つもないよ。ただ、方針を変えたんだ」

「方針？」

「ああ。初めは君達と協力して、『巨大な火竜《グラン・ファフニール》』を討伐するつもりだった。でもやめたよ。自分で錬金術ギルドを、Sクラスの武器を整備できる錬金術師を育てて『巨大な火竜《グラン・ファフニール》』を討伐する」

「育てる？」

「そう。育てるんだ。確かに今まだ僕達のギルドは、君達のギルドに比べれば見劣りするかもしれない。だが、必ず君達のギルドより規模でもクオリティでも上回ってみせる」

「……そうですか」

　リゼッタはまた肩を落とした。

　ロランの答えは決して彼女を満足させるものではなかった。

（口で言うだけなら誰でもできるわ。ここから『竜の熾火』を上回るだなんて。何十、何百年かかることやら。この人は私をもう一段階上に導いてくださる方だと思ったのに）

「ロランさん、あなたの考えはよく分かりました。道は違《たが》えてしまいましたが、あなたの事業が上手《うま》くいくよう、陰ながら応援させていただきますわ。では」

リゼッタは踵《きびす》を返して、出口に向かう。

「待ちなよ。『竜の熾火』のギルド長に伝えておいて。協業を断ったこと、必ず後悔させるってね」

リゼッタはフッと笑った。

「そうですわね。もし、あなた方が一度でも私の作る装備を上回ることができたなら、私あなたのギルドに移籍しても構いませんよ。ま、精々頑張ってくださいませ」

「君こそ、あまり僕をガッカリさせないようにね」

「？」

リゼッタはキョトンとする。

【リゼッタのスキル】
『銀細工』：A→A
『精霊付加』：B→B

（『銀細工A』に『精霊付加B』。確かに優秀かつ強力なスキルの組み合わせだ。だが、彼女の『精霊付加』はこれ以上伸びない。僕はもっと優秀な銀細工師を知っている）

「君達は自分が島一番のギルドで向かうところ敵無しだと思っているようだが、君達のやり方には付け入る隙がある。僕の目は誤魔化せないよ。君がこの工房《アトリエ》で働くことになる時、足手まといにならないよう、精々スキルを磨いておくことだね」

（あら、強気。こういう人嫌いじゃないかも）

リゼッタは少しだけ胸がときめくのを感じた。

「ふふ。それはそれは。凄いですわね。私、楽しみにしていますわ」

リゼッタは余裕の笑みを浮かべながら、立ち去っていく。


『精霊《せいれい》の工廠《こうしょう》』支部の工房《アトリエ》でリゼッタが気を吐いていた頃、島のダンジョンではとあるギルドがダンジョン内で苦戦していた。

彼らはギルド『暁の盾』。

盾持ちのエリオ、回復魔法を使える盗賊《シーフ》のセシル、『遠視』の使える弓使い《アーチャー》ジェフ、剣士にしてリーダーのレオン、と零細ギルドながらも各々の長所を活《い》かした役割分担で、細々とではあるが冒険者として稼いでいた。

しかし、今、彼らは大きな難題にぶち当たっていた。

盾持ちのエリオは仲間達に肩を担いでもらいながら、どうにか山を下りていた。

「エリオ、大丈夫？」

盗賊《シーフ》のセシルがエリオの肩を担ぎながら声をかける。

彼の鎧《よろい》は素晴らしい防御力と耐久性を備えていたが、いかんせん重すぎた。

行きは騙《だま》し騙《だま》しどうにか探索できたが、帰る頃にはすっかり役立たずとなってしまった。

「すまない。俺が不甲斐《ふがい》ないばかりに」

「気にしないで。困った時はお互い様よ。とにかくダンジョンを脱出することだけ考えましょう」

「ああ、分かった」

「……まずいな」

弓使《アーチャー》いのジェフが言った。

「どうした？」

「盗賊《シーフ》ギルド『白狼《はくろう》』だ」

ジェフは山道の先を凝視しながら言った。

彼はスキル『遠視』によって常人より遠くまで景色を見渡すことができた。

「こっちに向かって来ている。戦闘を仕掛けてくるぞ」

「なんだと？　距離は？」

「もうすぐそこだ。逃げられない！」

そうこうしているうちに盗賊《シーフ》の集団が近づいてきた。

「チッ。仕方ない。戦闘準備だ」

レオン達はバタバタと戦闘準備に入る。

「エリオ、大丈夫？　1人で立てる？」

「ああ、なんとかやってみる」

（ウチのギルドに人員を遊ばせている余裕なんてない。ろくに移動すらできないが、盾と鎧を身につけて立っているだけでも、ハッタリにはなるはずだ！）

　エリオは仲間達の前に立って盾を構える。

　そうこうしているうちに『白狼』の連中が近づいてきた。

　レオンは『白狼』の中に、眼帯をした男がいるのを見つける。

（チッ。ジャミルがいやがるな。つくづくついてねぇぜ今日は）

　ジャミルはエリオを『ステータス鑑定』する。

「ククッ。おい、あの盾持ち、ステータスガタガタだぜ」

「身の丈に合わない装備を身につけているようだな」

「あれでは身動きすらままならまい。俊敏《アジリティ》で優位に立って、一気にカタをつけるぞ」

　ジャミルはその素早い動きでエリオの脇に回り込むと、体当たりして倒してしまう。

「うぐっ」

　そうしてギルドで唯一の盾持ちを戦闘不能に陥らせると、あとは後衛に対して白兵戦を仕掛けて崩した。

ギルド『暁の盾』は『白狼』に降参し、所持している鉱石の大部分を彼らに引き渡した。

『竜の熾火《おきび》』で、カルテットの1人エドガーは、その日の仕事を終えて帰宅の準備をしようとしていた。

だが、『暁の盾』のエリオがやって来たということで、仕方なく帰り支度を止《や》めて、顧客対応の窓口に向かう。

「なぁ、エドガー。この鎧、もう少し軽くならないか？」

エリオは懇願するように言った。

「て言っても、『メタル・ライン』まで行くんでしょう？」

「ああ、だから……」

「それじゃあ、これ以上防御力を下げるのは危険ですよ。『飛竜《ワイバーン》』や『火竜《ファフニール》』も出現するんですから」

「いや、それはそうなんだけど……」

「んじゃ、少しランクは下がりますが。Cクラスの鎧にしますか？」

エドガーはカタログを取り出す。

「いや、それじゃダメだよ。防御力が足りなくなる」

「それじゃ、このまま今の鎧で頑張ってもらうしかありませんね」

「いや、でも……」

「エリオさん、いい加減にしてください。こっちは時間外だってのに対応してんですよ。それとも何ですか？　ウチの装備品が気に入らないって言うんですか？　それなら他の錬金術ギルドに行けばいいじゃないですか」

「……」

エリオが押し黙ったのを見て、エドガーはニヤリと意地悪な笑みを浮かべる。

「んじゃ、もうちょっとその装備で頑張ってみましょうね。なあに。エリオさんなら大丈夫ですよ。腕力《パワー》なり、耐久力《タフネス》なり鍛えればこのくらいの重さ、どうとでもなりますって」

エリオが『竜の熾火』から出て行くと、外で待っていた仲間達が駆け寄って来た。

「どうだった？」

「ダメだ。この鎧が嫌ならランクを下げろってさ」

「そっか」

「全然対応してくれねーよな。ここ」

「モノはいいんだけど。融通がなぁ」

「しかし、このままじゃうちのギルドやっていけないぜ」

彼ら4人は一様にため息をついた。

（はぁ。もっと自分にあった装備を作ってくれる錬金術ギルドはないものかなぁ）

軽くて丈夫な鎧

ダンジョン帰りの冒険者達《たち》で賑《にぎ》わう食堂で、エリオはロランの『鑑定』を受けていた。

(S級鑑定士によるコンサルタント。無料だと言うから受けてみたけど、一体どんな診断が下されるんだろう)

エリオは慣れない緊張の面持ちでロランの『鑑定』結果を待つ。

エドガーにすげなくあしらわれたエリオは、悲嘆に暮れながら、いつも行く食堂に足を運んだ。

看板娘のサキによる接待を受けても、気が晴れることのなかったエリオだが、彼女の差し出した錬金術ギルドのパンフレットに書かれた一文に目を止める。

『S級鑑定士による冒険者向け無料コンサル実施中!』

この文言に食いついたエリオは、すぐ様無料コンサルを受けることにした。

すでに夜の帳《とばり》が降り始めた頃合いだったが、ロランはエリオの依頼に快く応じてくれた。

そうして現在、『鑑定』してもらっているところである。

【エリオのステータス】
腕力《パワー》：10－60
耐久力《タフネス》：30－60
俊敏《アジリティ》：30－40
体力《スタミナ》：20－80

（このステータス、Cクラスの盾持ちってところか。腕力《パワー》が不自然に消耗している。おそらくこれは……）

「重さ……」

エリオはギクリとした。

「敵からダメージを受けてステータスを消耗する場合、まず耐久力《タフネス》から消耗するはず。まだ耐久力《タフネス》が残っているのに腕力《パワー》が異様にすり減っているということは……、おそらく自身の腕力《パワー》を大幅に超える重さの装備を身につけているから」

エリオはロランの『鑑定』スキルに舌を巻いた。

（ステータスを『鑑定』しただけでここまで分かるのか。まだ装備も見ていないのに。これがSクラス鑑定士の力……）

「重過ぎる装備を身につけていては動きが遅くなるでしょう？　現状の装備では満足にダンジョンの探索すらできないのでは？」

「うん、そうなんだよ。それでいつも仲間の足を引っ張ってしまうんだ。だから、装備のランクを変えるべきかどうか迷っていて」

「装備の整備を担当している錬金術師からはどのように言われているのですか？」

「腕力《パワー》と耐久力《タフネス》を鍛えろって。今の装備に文句があるなら、ランクを下げろって。それがイヤならウチ以外のギルドに行けってその一点張り。とは言ってもステータスなんてそう簡単に上がるわけないしさ」

「なるほど。では、どうでしょう？　ウチで作りましょうか？　軽くて防御力・耐久性もある装備を」

「えっ？　できるのかい？　そんなこと」

「ええ。ウチのギルドならできますよ」

「ほ、本当に？」

「現在、ウチのギルドに所属している錬金術師のユニークスキルならば、可能です」

「あ、でも……」

　エリオは気まずそうに目を伏せる。

「……どうかしましたか？」

「そういうユニークスキルの装備となると、やっぱり高いんだろう？　果たしてギルドが鞍替《くらが》えを許可してくれるかどうか……。さっきも言ったようにウチは零細ギルドだから資金繰りが厳しくてさ」

「分割払いやリース契約でもダメですか？」

「うーん。『竜の熾火』とのリース契約もまだ途中だし。上を説得できるかどうか……」

「なるほど。では、こういうのでどうでしょう？　無料お試しというのは」

「無料お試し？」

「ええ、一度だけダンジョンで試しに使ってみて下さい。それで上手《うま》くいかないようであれば返品してくださって構いません」

「えっ？　いいのかい？　それで？」

「ええ。どうします？」

「分かった。それならギルドの方でも許してもらえると思う。すぐに掛け合ってみるよ」

翌日、『暁の盾』から『精霊《せいれい》の工廠《こうしょう》』に軽くて丈夫な防具を製作するよう正式に依頼が来た。

アイナのユニークスキル

アイナが『精霊《せいれい》の工廠《こうしょう》』に出勤すると、いつもと様子が違うことに気づいた。

ロランとディランが荷台に載せられた大量の荷物を倉庫に搬入しているのだ。

（あれは……鎧《よろい》？）

それはいずれも外装が剥げていたり、一部欠損していたりして、使い物にならなくなった鎧だった。

「ロランさん、おはようございます」

「おはよう。ちょうどよかった。これ運ぶの手伝ってくれないか？」

「何ですかこれ？　こんなにたくさんどこから？」

「街中の錬金術ギルドを回って、不要になったり故障したりした鎧をもらってきたんだ」

「一体どうしてそんなことを？」

「新しい仕事が入ったんだ」

「新しい仕事？」

「ああ。会議をするから工房《アトリエ》で準備しといて」

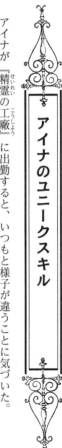

「今回の依頼は軽くて頑丈な鎧だ」

「軽くて頑丈な鎧？」

工房《アトリエ》の一角に置かれた会議机に座って、アイナとロディは顔を見合わせた。

「それって矛盾してませんか？」

「ああ、だが、可能だ。僕達ならね。これを見てくれ」

ロランは要件書を２人に見せる。

「これは……」

「重さ50、威力（防御力）70、耐久70、の盾付き鎧？」

「重さ50でこのステータスにするのは無理なんじゃ……」

「従来の常識ならね。だが、アイナ、君のユニークスキル『外装強化《コーティング》』を使えば、この不可能を可能にすることができる」


【外装強化《コーティング》の概要】

対象の装備にこのスキルを施すことで、威力と耐久を上昇させることができる。


「今回の依頼を達成すれば、単純に冒険者を顧客にできるだけじゃなく、販路の拡大にも繋《つな》がると思うんだ。２人のスキルアップにも繋がるし、仕事の幅も広げられる。プロジェクトが軌道に乗れば、給与のアップにも繋がるだろう。無論、失敗したからといって、ペナルティを課したりしない。どうだい？　やってくれるかい？」

「スキルアップに繋がるならやりますよ」

アイナが言った。

「僕も昇給に繋がるならやらせていただきますよ」

ロディが言った。

「よし。決まりだな。早速、取り掛かろう」

ロランは外装の剝げた鎧を台の上に載せ、杖《つえ》と液体の入った瓶をアイナに渡す。

「これは？」

「支援魔法の杖と塗料だ」

「支援魔法？」

「そう。君のユニークスキル『外装強化《コーティング》』は支援魔法系のスキルに属する」

ロランはアイナを『スキル鑑定』して、ユニークスキルの詳説をもう一度確認した。

【外装強化《コーティング》の詳説】

インクに支援魔法をかけることで半永続的に支援魔法の効果を付与することができる。

そのインクが塗装された装備には支援魔法の効果が反映される。


「支援魔法は使ったことがある？」

「まさか。私は錬金術の訓練しか受けたことがありません。魔法なんて……」

「だろうね。となれば、おそらく塗装の方法にこのスキルの真髄があるはずだ」

「塗装の方法……ですか？」

「ああ、インクの色か、模様か、厚みか。詳細は不明だが、何らかの塗装技術と関連があるはず。その法則を見つけるのが君の役割だ」

　ロランは青色の塗料とブラシを取り出す。

「とりあえず、『防御付与』を連想させる青色の塗料から始めてみよう。これを塗ってから、支援魔法をかけてみて」

「分かりました」

　アイナは鎧に塗料を塗りつけてから、杖を構えて支援魔法の呪文を唱え始める。

（なんだろう。初めてやることなのに。まるでずっと昔から知っていたような。そんな気がする）

　アイナの手の平に血を吸われるような感覚が走った。

　アイナの体から出たその温かいものは、杖の内部を伝って、やがて先端まで流れ込み、奔流となって迸《ほとばし》る。

(ぐっ。杖が熱い。火傷《やけど》しそうなほど。これが魔法を使う感覚)

杖の先が光り、鎧に炸裂《さくれつ》する。

「っ」

アイナは思わず杖を離した。

杖は音を立てて、床に落ちる。

魔法の光は少しの間、瞬いた後消える。

「アイナ、大丈夫かい?」

ロディがアイナの下に駆け寄る。

「……大丈夫。ちょっとびっくりしただけ」

アイナの手の平には、火傷の跡1つ付いていない。

「それよりも鎧は?」

3人は再び鎧に視線を注ぐ。

鎧は先ほどと変わらずその場に安置されていた。

「……何も起こりませんね」

ロディが言った。

「いや、成功だよ。少なくとも耐久は上がっている」

【鎧Eのステータス】
威力：10
耐久：11（↑1）
重さ：10

ロランが塗料をコンコンと叩《たた》いてみると、柔らかい感触が返ってきた。

材質が変化しているのが分かる。

（これが……私のユニークスキル）

「ロランさん、これ本当に耐久上がったんですか？」

ロディは鎧をツンツン突いてみる。

傍目《はため》にはそれほど変わったようには見えない。

「ああ、確かに耐久の値が1ポイント上昇してる。無論、さらなる改善が必要だけどね」

ロランは改造した鎧を退《ど》かせて、また新しい鎧を台に載せる。

「アイナ、君はこれから手当たり次第塗料の塗り方と魔法の掛け方を試してみてくれ。より最適な形で『外装強化《コーティング》』を定着させる方法があるはずだ」

「はい」

「よし。それじゃ次はロディ。君の番だ」

「採寸はもう僕の方で済ませているんだ」

ロランは自分で測ったエリオの体のサイズについて記した紙をロディに渡す。

「このサイズに合わせて鎧を設計するんだが、問題は外装だ」

ロランは図面を指差しながら言った。

「外装はアイナの『外装強化《コーティング》』によって膨らむことが予想されるからその分も計算して設計しなければならない」

（……だろうね）

「うーん。設計は苦手なんですよね」

【ロディのスキル】
設計：D→A

（少なくとも今はまだDクラス。しかし、将来的には一流の設計士だ）

「できるかなぁ」

「大丈夫だよ。サポートするから」

「まあ、やるしかないですね。アイナも頑張ってるし」

２人がアイナの方に目を向けると、彼女は支援魔法の呪文をかけているところだった。

アイナが『外装強化《コーティング》』する鎧は、すでに５つ目に達しようとしていた。

４つの失敗作が床に転がっているが、青色の塗装は徐々に光沢を増している。

（だんだん分かってきた。これは塗り方が大事なんじゃない）

アイナは杖を鎧に向けて支援魔法を唱える。

（魔法の力で塗料が動いているんだ）

アイナは塗料を圧迫するイメージで魔法をかけた。

塗料はボコボコと膨らんで、外側にエネルギーを逃がそうとするが、アイナはなんとか抑え込む。

【アイナのユニークスキル】

『外装強化《コーティング》』：Ｄ（↑1ランク）

（やはり手のつけていないスキルは伸びるのも速いな。もうワンランク向上してる）

こうして、アイナとロディは着々とスキルを向上させていくのであった。

青い鎧

『精霊《せいれい》の工廠《こうしょう》』支部では、ロラン達《たち》がエリオの鎧《よろい》を作るため、試行錯誤を繰り返していた。

「ロディ。設計図のこの部分」

ロランは図を指差しながら指摘した。

「ここは『金属成形』Aでないとできない」

「あ、そっか」

「『製品設計』は『金属成形』をサポートすることができるスキルだ。だが、成形する人間の技術レベルを考えないとそもそも設計図通りのものが作れない」

「はー。そうか。今まで考えたこともなかった」

(今まで苦手意識を持っていたが、こういうことだったのか。それならここをこうして……と)

ロランの適切な指導を受けることで、ロディのスキル『製品設計』はみるみるうちに向上していった。


【アイナのユニークスキル】

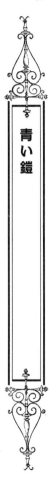

『外装強化《コーティング》』：C（↑1）

【ロディのスキル】

『製品設計』：C（↑1）

そして約束の日、ついに鎧の型が完成した。

『外装強化《コーティング》』で外装が膨らむことも考えて設計され、サイズ調節もバッチリだった。

アイナはすでに青い塗料を塗りたくった鎧に杖を向ける。

（行くわよ。スキル『外装強化《コーティング》』）

アイナが支援魔法の呪文を唱えると、塗料は無秩序に膨らむかに見えたが、見えない魔法の力によって抑え込まれ、そのまま鎧の外郭を形成して固まっていく。

真っ青の鎧が完成した。

「で、できた」

「まだだ。装備は実際に機能するかどうか試してみるまでは完成したとは言えない」

ロランは鎧に自分の体を通してみる。

「軽さのテストはオーケー。関節も特に問題なし」

ロランは体をひねったり腕を上げたりしながら動作をチェックする。

「あとは肝心の耐久テストだな」

「本当にいいんですか？」

ロディがハンマーを手に持って心配そうに顔をしかめながら聞いた。

「ああ、思いっきりやってくれ」

「それじゃあ……、失礼しますっ」

ロディはロランに向かって思いっきりハンマーを叩きつける。

けたたましい衝撃音が工房《アトリエ》内に響き渡るが、ロランと彼の着ている鎧はビクともしない。

むしろ、ダメージを受けたのはハンマーの方だった。

ハンマーの首は柄から離れて、遠くから実験の様子を見ていたディランの方に飛んで行く。

「うおおおお、あっぶね」

ディランは慌てて飛びのき、足元に飛んで来たハンマーの首をかわした。

ロディは驚愕《きょうがく》する。

（なっ。鎧が傷つくどころか……、逆にハンマーの方が壊れるなんて）

「うん。防御力もバッチリだ」


【青い鎧のステータス】

威力：70
耐久：70（『外装強化《コーティング》』により↑20）
重さ：50
特殊効果：反射《リフレクト》

（アイナの『外装強化《コーティング》』によって、耐久が上がっているのはもちろん、反射《リフレクト》の特殊効果が備わっている。もはや、Cクラスの武器では傷1つ付けられないだろう）

　アイナは自分で作っておきながら自分で驚いていた。

（凄《すご》い。これが私のユニークスキルの力。そしてロランさんの……）

　アイナは畏敬の念を持ってロランの方を見る。

（まだ、工房《アトリエ》に勤めて1ヶ月も経《た》っていない私が、こんな特殊な装備を作れるようになるなんて。この人は一体……）

　完成した鎧は無事エリオに引き渡された。


　翌日、ギルド『暁の盾』は再びダンジョンに潜《もぐ》っていた。

「おい、エリオ。本当にその装備で行くのか？」

　リーダーのレオンはエリオの新装備をいぶかしげに見ながら言った。

「そんなどこの馬の骨とも分からない錬金術師の作った鎧よりも、大人しく『竜の熾火《おきび》』の装備にしておいた方がいいんじゃ……」

「大丈夫だよ。防御力と耐久性は折り紙つきさ」

「しかし、そんな鎧見たこともないぞ。軽くて耐久も高いなんて……」

「大丈夫。俺は、あの人を、ロランさんを信じる」

「でも、今のところ、全然動けてるわね。こうしていつもより速いペースで走ってるのに汗1つかいてない」

盗賊《シーフ》のセシルが言った。

「ああ、この鎧、軽さと着心地《きごこち》に関しては何の問題もないよ。設計も追求してくれたようだ」

「そうか。まあ、とにかく何か危険を感じたら、すぐに言えよ。欠陥装備のせいで死んだなんてことになれば物笑いの種だぞ」

「おい、おしゃべりしている暇はないぞ。モンスターのお出ましだ。『鎧をつけた大鬼《アーマードオーク》』もいる」

弓使い《アーチャー》のジェフが言った。

「よし。俺が引き受ける」

エリオは機敏な動きで、2体の『鎧をつけた大鬼《アーマードオーク》』の前に立ち塞がった。

「なっ、バカヤロウ。1人で2体を相手にするやつがあるか」

レオンが叫ぶが時既に遅し。

2本の棍棒《こんぼう》がエリオに向かって振り下ろされる。


翌日、エリオは『竜の熾火』を訪れていた。

エドガーは窓口でエリオに対応する。

「エリオさん。遅かったじゃないですかー」

「ああ、済まないね。ギリギリまで返事できなくて」

「まったく、エリオさんも人が悪いっすねぇ。契約更新のギリギリまでこっちの気を揉《も》ませるなんて」

「ちょっと他のギルドの装備を試してたんだ。もっと自分の力を引き出せる装備があるんじゃないかと思って」

エリオは恥ずかしそうに言った。

(はは一ん。なるほど。それで結局使い物にならなくて、ウチに戻って来たわけね)

「まあ、誰もが通る道っすよ。ウチよりいい装備があるんじゃないかと島中の錬金術ギルドを駆け回ったりね」

「ああ。まさに俺もそう考えたんだ。ここよりいい装備はないかと思って……」

「それで契約の方、どうするか決めましたか？」

　エドガーはすでに答えは聞くまでもなく決まっているとばかりの調子で、ニヤニヤと笑っていた。

「ああ、決めたよ」

　エリオは晴れやかな笑みを浮かべた。

「契約、更新しないことにした。今までありがとう。それじゃ」

消えた勇者の歌

「あー、くそっ」

エドガーは廊下にあるゴミ箱を思い切り蹴った。

下級職員達《たち》は彼の荒々しい態度にビクッとする。

エドガーはそんな周囲の視線も気にせず、悪態を吐《つ》き続ける。

「あの野郎。Cクラス冒険者の分際でっ」

リゼッタはそんなエドガーの様子に眉をひそめた。

「ちょっと、シャルル。あれ何？　みっともないわね」

「ああ。なんか、客を取られたらしいよ」

「客を？」

「そう。『暁の盾』の冒険者に契約更新を断られたんだって。それで、ギルド長に怒られたみたいだよ。たるんでるんじゃないかって」

「ふぅん？」

（粗雑なところもあるけれど、エドガーの錬金術師としての腕は本物。特に頑丈な鎧を作らせればこの島でも右に出る者はいないっていうのに。一体、どこの誰かしらね。

カルテット《私達》から客を奪うだなんて）
　リゼッタの脳裏にふとロランの姿が浮かぶ。
（まさか……ね）

　ギルド『暁の盾』のメンバーは食堂で打ち上げをしていた。

「カンパーイ」

「今回のダンジョン探索は大成功だったな」

「ああ、これだけレアメタルを持ち帰れたのは初めてだ」

「それもこれもエリオのおかげだな」

「そんなことないよ。装備が良かっただけさ。『精霊《せいれい》の工廠《こうしょう》』さまさまだよ」

「はは、そう言っていただけると助かります」

『暁の盾』に交じって、盃《さかずき》を傾けているロランが恐縮そうに言った。

　隣にはアイナとロディ、ディランもいる。

『青鎧《あおよろい》』の威力を目の当たりにした『暁の盾』のメンバーは、全員『竜の熾火』から『精《せい》霊《れい》の工廠《こうしょう》』に鞍替《くらが》えすることにした。

　零細ギルドとはいえ、メンバー全員を顧客にすることができたことになる。

　始めたばかりのギルドとしては、上々の成果と言えた。

「みなさん、今宵《こよい》は『暁の盾』と『精霊《せいれい》の工廠《こうしょう》』の提携が決まっためでたい日。当食堂はここにいるお客様全員に一杯ずつ、お酒を奢《おご》らせていただきます。さらに『暁の盾』がレアメタルを『精霊《せいれい》の工廠《こうしょう》』に持ち帰るたびに今後も当食堂からお酒を一杯プレゼントさせていただきます」

サキがそう言うと、食堂は喝采で沸いた。

「サキ。いいのかい？」

「はい。私達から心ばかりの贈り物です」

『精霊《せいれい》の工廠《こうしょう》』や『暁の盾』と関係のない客も、この幸運にあやかろうと盛り上がり始めた。

「これはなんという幸運だ」

「神に感謝しよう」

「冒険者に祝福を」

「『暁の盾』に祝福を」

「『精霊《せいれい》の工廠《こうしょう》』に祝福を」

「みんな祝え。今日はなんといい日だろう」

そうしてやんややんやと騒いでいるうちに、人々の間で酔いが回り、食堂の片隅で誰かが陽気な音楽を奏で始める。

人々は歌を求め始めて、看板娘のサキに歌うよう促した。

「では、慎んで」

サキは陽気な歌を歌い出した。

その歌声は軽やかな中にも力強さがあり、人々の意気を盛んにし、お酒と歓談をますます進めた。

そこかしこで歌と手拍子に合わせて人々は手を取り合いステップを踏んで踊り出す。

曲が終わると、人々は上機嫌でサキの見事な歌声に拍手した。

しかし、まだ彼女の歌声を聞き足りなかったので、もう一曲と急《せ》かし始める。

「では、もう一曲私の得意な歌を。このような場にふさわしいかどうかは分かりませんが。子供の頃から聞き慣れた、この島の者なら誰もが知っている歌でございます」

そう言うと、彼女は歌い始めた。

その曲は勇壮ながらも悲哀に満ち、何処《どこ》となく暗い旋律だった。

店の者達は喝采と手拍子をやめ、シンと静まり返る。


「かつて、この島には勇者がいた。

彼は地獄の業火を吐き、鋼鉄の鱗《うろこ》、剣山のような爪を持つ『火竜《ファフニール》』をこの島の火山に封じ込めた」

ロランはディランと輪の中心から少し離れた店の壁際でサキの歌声を聴いていた。

(なんだろうこの曲。英雄を讃《たた》える歌にしては、どこか物悲しい)

ロランは店内にいる者達が皆、しみじみと歌に耳を傾けていることに気づいた。

「ディラン。この曲は？」

「『巨大な火竜《グラン・ファフニール》』を火山に封印した勇者を讃える歌だ。かつてこの島の勇者が『巨大な火竜《グラン・ファフニール》』を封印して以来『巨大な火竜《グラン・ファフニール》』を鎮めることがこの島の住民の誇りだった。だが、やがてこの島の冒険者が弱体化し、外の冒険者ギルドに依存せざるを得なくなってからは、島の冒険者の体たらくを嘆いたり、自虐したりする歌として捉えられるようになった」

「……そうか」

歌は続く。

「やがて勇者は立ち去った。

ああ、あなたは一体どこへ行ってしまうのか。

この島から勇気まで持ち去って。

おかげでこの島に剣を手に火竜《ファフニール》と戦おうという者はいない。

あなたは厄災と一緒に勇気まで持ち去ってしまったのか。

勇者は二度と現れない」


歌は物悲しい旋律のまま終わった。

そこからはどれだけ酒を呷《あお》っても、人々は気分を乗せることができず、酒宴はお開きとなった。


サキが食堂で『消えた勇者の歌』を歌っている頃、とある冒険者ギルドの一部隊を乗せた船が、闇夜をつんざいて『火竜《ファフニール》の島』に近づきつつあった。

西の大陸の有力ギルド『魔導院の守護者』を乗せた船だ。

船の甲板では、のんびりした雰囲気の青年アルルが夜風に当たりながら、火山の方をぼんやりと見ている。

ふと、火山の火口から火炎が吹き上がった。

『火竜《ファフニール》』の吐く『火の息《ブレス》』だ。

火炎は夜空に煌《きら》めき、夜の海を照らしてくれる。

そしてさらには、山肌に露出した色とりどりのレアメタルを輝かせた。

「うわあ。なんて綺麗《きれい》な景色だろう」

　アルルは感嘆の声をあげた。

「あんなにも沢山のレアメタルが『火竜《ファフニール》』の炎に照らされて煌めいている。なんて美しい。それだけに信じられない。この島の自然はこんなにも美しいというのに、その裾野には盗賊《シーフ》の街が広がっているだなんて」

「副隊長、お前の目は節穴か？」

「セイン……」

　アルルは隊長のセインに話しかけられてしばし、宝石の山肌から目を逸《そ》らした。

「あんな石くれよりも、もっと上等な獲物が見えるだろうが。Ｓクラスモンスター『巨大な火竜《グラン・ファフニール》』がよ！」

『魔導院の守護者』の隊長セイン・オルベスタはまだ島についていないにもかかわらず、完全武装してそこに立っていた。

　アルルはため息をつく。

「ギルドからの指令はレアメタルの採取ですが……」

「ふん。だったらどうした？　大物を前にして、みすみす見逃すバカがどこにいる？」

「隊長。地元の盗賊《シーフ》ギルドは決して侮れない連中です。他にも『火竜の島《ファフニール》』には数多くの零細ギルドが……」

「構うものかよ。そんな雑魚ども、何百人束になって来ようと俺が全員蹴散らしてやるよ。

この『竜頭の籠手《ドラグーン》』でな！」

セインは腕についた竜を象《かたど》った籠手《ガントレット》を見せびらかす。

「さあ、副隊長、『鑑定』しろ。船旅で俺のスキルは錆《さ》び付いていないか？」

「ええ、全くもって問題ないですよ」

【セイン・オルベスタのスキル】
『爆炎魔法』：A
『剣技』：A
『盾防御』：A

（相変わらず凄《すさ》まじいまでの戦闘力だな。火力、攻撃力、防御力をこれだけバランスよく備えた魔導騎士、世界広しといえどもそうはいない）

「ようし。準備は万端だな。さあ、急ぎ船を港につけろ。『巨大な火竜《グラン・ファフニール》』を狩るのはこの俺だ！」

大同盟

翌朝、『魔導院の守護者』は『火竜の島《ファフニール》』に上陸し、フル装備を身につけて、大通りを練り歩いた。

美々しく着飾った魔導騎士達《たち》の行進する様はさながらパレードのようで、この珍しい見せ物に島の人々は目を瞬《しばた》かせた。

セインはそれだけでは飽き足らず、広場で演説を行った。

『巨大な火竜《グラン・ファフニール》』討伐を宣言し、『竜頭の籠手《ドラグーン》』の炎弾を人々に見せ付ける。

天を衝《つ》く火柱に人々の期待はいやが上にも高まった。

さらにセインは、島の冒険者達に対し大同盟を結成することを呼びかけた。

島中の冒険者達を糾合して、共に『火山のダンジョン』を攻略するのだ。

この呼び掛けに島中の冒険者ギルドは騒然となり、先を争うようにして大同盟への参加を表明した。

ただ、人々が沸き立つ中にあって表情を変えなかった者達がいた。

『白狼《はくろう》』のジャミルとロドは、セインの演説を聴きながら、終始皮肉な薄笑いを浮かべていた。

また、ロランも厳しい顔付きを崩さなかった。

そして、もう1人、煮えたぎる憎悪にも似た目でセインを見つめる少女がいた。

彼女の名はカルラ。

生粋の島民である。

演説とパフォーマンスを終えた『魔導院の守護者』は、『竜の熾火《おきび》』へと向かう。


「ようこそおいでくださいました」

『竜の熾火』に辿《たど》り着いた『魔導院の守護者』の面々は、メデスとラウルによって迎えられた。

「いよう。メデス殿。元気だったか？」

セインは陽気に話しかけた。

「ええ、おかげさまで」

「よおセイン、俺の作った『竜頭の籠手《ドラグーン》』は壊れていないだろうな？」

「ラウルか。安心しろ。ほれ、この通り」

セインは袖をまくって、『竜頭の籠手《ドラグーン》』を見せる。

「むしろスキルを向上させて、前より使いこなせるようになったぜ。が、少し船旅が長過ぎた。整備を頼む」

セインは『竜頭の籠手《ドラグーン》』の留め金を外し、ラウルに渡す。

「ふん」

「他の皆様も装備を職員にお預けください。我々が責任を持って整備いたしますよ」

「ようし。お前達、装備を預け次第、寛《くつろ》いでいていいぞ。メデス殿、早速商談に移ろうか」

セインとアルル、メデス、ラウルの4人は、商談用の部屋へ移って机を囲んだ。

セインは金貨のどっしり入った袋を机に載せる。

「全部で2千万ゴールドほどある。これでしばらくの間は整備料として問題あるまい？」

「ええ、もちろん。ありがたく頂戴いたします」

「さて、では本題に入るが、我々は今回、『巨大な火竜《グラン・ファフニール》』を狙っていてな」

「ほお、『巨大な火竜《グラン・ファフニール》』を……」

「ああ、広場でも宣言してきたところだ。そこで君達にも支援を頼みたい。特に我々はこの土地に疎くてな。情報提供は欠かさずして欲しい」

「無論、我々としても全面的に協力させていただきますよ」

「では、ちょっといいですか？」

アルルが発言した。

「盗賊《シーフ》ギルド『白狼』の動向を知りたいのですが。まだあなた達は彼らのことを支援しているのでしょうか？」

「その件ですか……」

　メデスは悩ましげにため息をついた。

「我々も奴《やつ》らとは縁を切りたいとは思っているのですがな。いかんせん、あれでも地元最大の冒険者ギルド。我々としても切っても切れないのですよ」

「つまり、僕達がダンジョンにいる間も彼らに武器とサービスを提供し続ける、そういうことですか？」

「……そうなりますな」

「それ、やめてもらえません？」

「ふむ？」

「僕達はただでさえ、『巨大な火竜《グラン・ファフニール》』という強敵と戦わなければならないんです。その上、背後を脅かされるなんてたまったものじゃない」

「そうは言ってもですな……」

「何もずっと関係を断てと言っているわけじゃないんです。僕達がダンジョンにいる間だけでも……」

「おい、いい加減にしろよテメェ」

ラウルが言った。

「俺達がどこの誰と取引しようが俺達の勝手だろ。お前らにそこまで干渉される筋合いはねえよ」

「おい、ラウル……。お客様に対して……」

「そもそもだ。お前ら『西の大陸』随一のギルドだろ。それがたかが、盗賊《シーフ》ギルドごときにビビってんじゃねえよ。それとも何か？　俺の『竜頭の籠手《ドラグーン》』を使っておきながら、盗賊《シーフ》ごとき倒せないってのか？」

「……」

「ふっ、そうだぞ。アルル。何をそんなに弱気になっている。たかが、盗賊《シーフ》ごとき、俺達の魔法を備えた鎧《よろい》に傷1つつけることはできん。ギルド長、ラウル、ご心配には及ばない。我々は盗賊《シーフ》ごときに足をすくわれるほど間抜けではないよ。『巨大な火竜《グラン・ファフニール》』を倒し、レアメタルを獲得した上で、盗賊《シーフ》どもも殲滅《せんめつ》してみせる」

「フン。分かりゃあいいんだよ。アルルとやら。テメーも分かったか？」

「隊長にこう言われちゃあ、副隊長の僕としてはこれ以上とやかく言うわけにはいきませんね」

アルルは肩をすくめながら言った。

「さ、堅苦しい商談はこれで終わりだ。仲直りの握手を。ほら、お前も。ようし。それじゃあ、どうせ今日はダンジョンに潜れないんだ。情報収集がてら酒場に行くか。たらふく飲むぞ」

「セイちゃん、羽目外しすぎ」

「ちゃん付けはやめろ！　ほら、さっさと行くぞ」

「ハイハイ」

メデスとラウルは彼らが出て行くのを見守った。

「やれやれ、えらく能天気な奴らが来たものだな」

「『巨大な火竜《グラン・ファフニール》』を倒すとか言ってたな。フン。口先だけじゃあなけりゃあいいが」

「ラウル、『竜頭の籠手《ドラグーン》』の整備は抜かりなくしておけよ。あれを整備できるのはお前だけなんだ」

「ああ、分かっているよ」


「『アースクラフト』採取クエスト？」

レオンはロランの提案に面食らった。

「ああ、今こそ絶好のチャンスだと思う」

レオンは頭をかいた。

「なあ、ロランよ。今、この島の冒険者ギルドは真っ２つに割れている。大同盟に与《くみ》するか敵対するかだ」

「ああ、知ってる」

「それがなんで、『アースクラフト』採取クエストなんだ？」

「継戦能力を高めるためだ」

「継戦能力？」

「そう。僕の見たところ、この島の零細ギルドはダンジョンでの継戦能力に問題を抱えている」

「……」

「鉄や銀、そしてレアメタルを始めとした資源が簡単に手に入ることから、この島の冒険者ギルドは『アースクラフト』の価値を軽視している。そして、みんな『魔導院の守護者』の大同盟に注目している。今こそ、小規模ギルドの小回りを活《い》かして立ち回る時だ。盗賊《シーフ》ギルドの注意も『魔導院の守護者』に向いているはず。他のギルドの注意が逸《そ》れているうちに、『アースクラフト』の採取クエストに力を入れて……」

「ロラン、お前は島の外から来たもんだから知らないだろうがな。この島にやって来る奴らは各大陸の代表ギルドであり、精鋭部隊だ。選ばれた者達の集団なんだよ。毎回、この島にやってきては、レアメタルを根こそぎ奪い帰って行く。今回もそうだろう」

「……」

「俺達、零細ギルドとしては少しでもおこぼれにあずかるために、奴らに取り入らなきゃならねえ。情けねえと思うかもしれんがな。それが俺達の、零細ギルドの現実なんだよ」

「レオン、何もそんなに突き放さなくても」

エリオが2人の会話に割って入ってきた。

「ロランの言うことも少しは……」

「それにだ」

レオンはエリオの言うことを遮って、続けた。

「もう既にギルドから指示が出てんだよ。『魔導院の守護者』を支援するように、とな。ギルドから指令が出た以上、俺達としてはこれ以上どうしようもねえんだ」

レオンはそれだけ言うと、『精霊《せいれい》の工廠《こうしょう》』を立ち去って行く。

エリオも申し訳なさそうにしながら工房《アトリエ》を後にした。

「やはりダメか」

ディランはため息をついた。

「この島の人々は相当自信を失っているみたいだね」

「ああ、こればかりは一朝一夕にはどうにもならん」

(島の外から大手ギルドが来ただけでこの有様か。しかし、どうする？　このままじゃ、絶好のチャンスをみすみす逃すことになる)

　ロランは歯噛《はが》みした。

（どこかに、そう、例えば『巨大な火竜《グラン・ファフニール》』を倒すくらいの気概を持つ冒険者ギルドはないものか……）

「おい、ここが、『精霊《せいれい》の工廠《こうしょう》』か」

　ロランは突然聞こえてきた少女の声にハッとした。

「君は……」

【少女のスキル】
『剣技』：C→A
『影打ち』：D→A
『アイテム奪取』：E→A

（これは……『影打ち』に『アイテム奪取』がAクラスのポテンシャル。Aクラス盗賊《シーフ》の資質を持つ者！）

「私はカルラ・グラツィア。この剣を『巨大な火竜《グラン・ファフニール》』を倒せるように鍛えてくれ」

革命の予感

ロランは目の前のカルラのことも忘れて、『鑑定』を続けた。

【カルラのステータス】
腕力《パワー》：30－40
耐久力《タフネス》：20－30
俊敏《アジリティ》：40－50
体力《スタミナ》：40－50

（腕力《パワー》、耐久力《タフネス》が低く、俊敏《アジリティ》、体力《スタミナ》が高い。やはり典型的な盗賊《シーフ》のステータス……いや、待てよ）

「おい」

【カルラのユニークスキル】
『回天剣舞』：E↓S

（広範囲に斬撃を浴びせられるユニークスキル『回天剣舞』がSクラスの資質！　これならSクラスの剣士として、育てるのもアリか？）

「おい！」

（だが、どのみち腕力《パワー》と耐久力《タフネス》が低いから盾持ちによる援護は必須……）

「おいったら！」

ロランはカルラの大声にハッとした。

意識を目の前の少女に戻す。

「おい、どうなんだ。『巨大な火竜《グラン・ファフニール》』を倒す剣が作れるのか？　それとも作れないのか？」

「えっ？　ああ、ごめん。ちょっと『鑑定』作業に集中し過ぎて……」

「『鑑定』？」

カルラはロランのことを胡散臭《うさんくさ》げに見る。

「うん。僕は……」

「あのー。よろしければ」

いつの間にか部屋にいたサキが２人の間に割って入る。

「お店の方でお話ししませんか？」

そこでようやく、ロランは自分達《たち》が工房《アトリエ》のど真ん中で立ち話していることに気づくのであった。

ディランは店の入り口でロランとカルラの話が終わるのを待っていた。

突然、怒鳴り声が聞こえて来たかと思うと、カルラが店から飛び出して行った。

「あっ、おい。待てよ」

ディランの制止も聞かずカルラは駆け出して行く。

「行ってしまったか」

遅れて出てきたロランが言った。

「ロラン、どうしたんだ？　何か言い争ってたみたいだが……」

「彼女に育成プログラムを提案したんだ。だが、聞き入れてくれなかった。どうやら彼女は今すぐ『巨大な火竜《グラン・ファフニール》』を討伐できる装備を求めていたみたいなんだ」

「今すぐ『巨大な火竜《グラン・ファフニール》』を!?　そりゃ、いくらなんでも無茶苦茶だろ」

「ああ。無茶な話だ。だが……」

ロランは彼女の言葉の数々を思い出した。

「どうにか『魔導院の守護者』よりも先に『巨大な火竜《グラン・ファフニール》』を倒したいんだ」

「なんでだよ。やってみなきゃ分からないだろ」

「ダメなんだ！　成長なんて遠い未来の話じゃないか。今じゃなきゃダメなんだ！」

（破れかぶれの無茶苦茶な主張。地元の冒険者で『巨大な火竜《グラン・ファフニール》』を討伐することへの異常なこだわり。彼女は一体……）

『竜の熾火《おきび》』では『魔導院の守護者』の武器製造を巡って会議が行われていた。

このような外部冒険者からの大型案件は、常にカルテットの査定を左右する重要事項である。

会議では、対竜族用特殊装備、『火槍《ジャベリン》』の製造を誰が担当するかということが争点となっていた。

これについてエドガーとリゼッタは互いに激しく意見を戦わせた。

リゼッタが自分のスキルの高さを主張すれば、エドガーは経験値の高さを主張するといった具合で、互いに譲らなかった。

メデスはスキルの高さを重視して、今回はリゼッタに『火槍《ジャベリン》』の製造を任せることにした。

会議が終わった後、エドガーとシャルルは並んで廊下を一緒に歩いていた。

「くそっ。やっぱギルド長はリゼッタに『火槍《ジャベリン》』を任せたか」

「まさかリゼッタがここまで伸びるとはねぇ」

「やべえな。ただでさえ今月また客が離れそうだっていうのに」

「『暁の盾』のこと？」

「ああ、そうだよ。すぐ音をあげるかと思いきや、あいつら全員契約を打ち切るって言って来やがった」

「はは。大変だねー」

「お前呑気《のんき》にしてる場合かよ。このまま引き下がる気か？」

「まさか。そう簡単には……、っと噂《うわさ》をすればやって来たよ」

廊下の先には『白狼《はくろう》』のジャミルとロドが立っていた。

「よお、どうした？　暗い顔して」

「何か困り事があるなら相談に乗るぜ。例えば『大同盟』のこととか」

エドガーはニヤリと笑った。

「へっ。考えることは同じってか」

カルラが『精霊《せいれい》の工廠《こうしょう》』に訪れてすぐに立ち去ったその翌日、また新たな客がロランの下に訪れて来た。

男性1人、女性2人のパーティーで全員弓矢を抱えている。

「クエストを受注したい？」

「ああ、前回のダンジョン探索で盗賊《シーフ》ギルドにやられちゃってさ。うっかり破産寸前なんだ。ハハハ」

「破産寸前って……。大丈夫なんですか？」

「大丈夫じゃないよ。このままじゃ廃業だ。ところが、神は我々を見捨てなかった。渡りに船とばかりに君達のこの張り紙を見つけたのさ」

男はロランが広場の掲示板に貼っておいた『アースクラフト』採取クエストの広告を取り出して見せる。

「呑気に言ってる場合じゃないよ、ハンス。このままじゃ私達、路頭に迷っちゃうんだからね」

「そうだよ。このままじゃ先祖代々続けて来た冒険者稼業を廃業しなくちゃいけない上、担保に入れていた家まで『竜の熾火』に取られちゃうんだよ」

「分かってるよ。クレア。アリス。だからこうして、S級鑑定士なるロランさんに相談に来てるんじゃないか。この張り紙によるとロランはスキルの開発、装備の強化、戦術指導まで全てやってくれるそうじゃないか。まさしく僕達が探していた人だよ」

「もう、そんな風にすぐ何でもかんでも鵜呑《うの》みにするから痛い目にあうんだよ」

（なんだか、随分能天気な人だな。この３人妙に仲が良さそうだけど、親族なのか？）

【ハンス・ベルガモット】
『弓射撃』：C↓A
『抜き足《サイレントラン》』：C↓A
『魔法射撃』：E↓A

【クレア・ベルガモット】
『弓射撃』：C↓B
『抜き足《サイレントラン》』：C↓B
『遠視』：C↓A
『連射』：C↓A

【アリス・ベルガモット】
『弓射撃』：C↓B
『抜き足《サイレントラン》』：C↓B
『速射』：D↓A
『憎悪集中』：D↓A

（苗字《みょうじ》が同じだ。やはり兄弟姉妹か）

ハンスは気のいい長男、クレアは篤実な性格の姉、アリスは活発な妹、という感じだった。

（それぞれ、『弓射撃』と『抜き足《サイレントラン》』にB以上の適性アリ。俊敏《アジリティ》も高いし、正統派弓使い《アーチャー》として合格か）

「それで、どうかなロラン？　我々のために新しい装備を作ってくれるのかい？」

「それにお答えする前に、1つお聞きしたいことがあります。なぜ、『魔導院の守護者』の呼びかけに応じないのですか？」

「えっ？」

「この島の冒険者達は今、先を争うようにして、大同盟に参加しています。あなた達も懐事情が苦しいのであれば、彼らの『巨大な火竜《グラン・ファフニール》』討伐に参加するべきなのでは？」

「ふっ。まあ、常識的に考えればそうなんだけどね。なんていうのかな。彼らのやり方は主義に合わなくってさ。だってそうだろ？　あんな寄り合い所帯の雑多な人々の中で僕達のような零細ギルド、埋もれてしまうに決まってるじゃないか。だったら、まだ同じ小規模ギルド同士で手を組むことに賭けたんだ」

「なるほど」

（革命は案外、こういうところから起こるのかもな）

「分かりました。あなた方のために装備を作り、クエストを依頼しましょう。ただし、条件があります」

数日後、ダンジョンの前、すなわち火山の登り口前の広場に冒険者達は集まっていた。

島の冒険者ギルドのほとんどがその場に顔を揃《そろ》えている。

そして『魔導院の守護者』の魔導騎士達は、ピカピカに磨かれた魔導騎士用の武具に加えて、島に上陸した時には持っていなかった『火槍《ジャベリン》』も装備している。

また、島中のほとんどの冒険者ギルドがそこには集まっていた。

ここ数日をかけて行われた『大同盟』の呼びかけに応じた者達である。

頃合いを見て、セインが演説を始める。

「皆の者、よくぞ集まってくれた。ありがとう。これだけの戦力が揃った今、我々はこの島で最強の冒険者集団と言っても過言ではあるまい。覇道は我々の前に開けている。さあ、行こう。『巨大な火竜《グラン・ファフニール》』の待つ頂上へ！　私はここに大同盟の結成を宣言する！」

ヒット&アウェイ

ハンス達《たち》が『火山のダンジョン』を探索していると、下の方から『竜頭の籠手《ドラグーン》』の轟《とどろ》く音が聞こえた。

（今の音は……『竜頭の籠手《ドラグーン》』の砲音？　『大同盟』の連中が動き出したか）

「今のって『竜頭の籠手《ドラグーン》』の音だよね」

アリスがその吊《つ》り目を凝らして、裾野の方を睨《にら》む。

「ああ、大勢の人間が動く気配がする。下山する時は、彼らとルートが被《かぶ》らないように注意しよう」

「ねぇ。本当に良かったの？　『巨大な火竜《グラン・ファフニール》』討伐に参加しなくて」

「もう決めたことだろ？　僕達はロランに、『精霊《せいれい》の工廠《こうしょう》』に賭けるってさ」

「それは分かってるけど……」

アリスは側《そば》の茂みでモンスターの動く気配を捉えた。

ハンスとクレアもそれを察知し、腰を屈《かが》める。

茂みから『岩肌の狼《ロックファング》』が飛び出して来た。

ハンス達は一斉に走り出して、その場から離脱する。

「なんで私達逃げてばっかりいるのよー」

　ハンスは走りながら、ロランから受けた指導を思い出す。

「装備を外す？」

「ああ、現状君達の装備は君達の潜在能力《ポテンシャル》を封じ込めてしまっている」

　ハンス達のメイン武器は弓矢だったが、その他にも鎧《よろい》に肩盾、短剣《ダガー》、槍《やり》まで装備しており、かなりの重装備だった。

「この重装備が弓使い《アーチャー》最大の強みである俊敏《アジリティ》の枷《かせ》になっている。なぜそこまでの重装備を？」

「『竜の熾火』に勧められたんだ」

「実際に必要なんです。火竜《ファフニール》、飛竜《ワイバーン》、翼竜《プテラ》といった竜族の火炎攻撃から身を守るにはこれくらいの装備でないと」

「なるほど。火炎攻撃対策というわけか。分かった。それはこっちの方でなんとかしておくよ。その代わり、君達には装備を作っている間、俊敏《アジリティ》を鍛えてもらう」

「俊敏《アジリティ》？」

「うん。現状君達の俊敏《アジリティ》は全快というには程遠い」

【ハンス・ベルガモットのステータス】
俊敏《アジリティ》：50－80
【クレア・ベルガモットのステータス】
俊敏《アジリティ》：50－70
【アリス・ベルガモットのステータス】
俊敏《アジリティ》：60－90

（全員、Bクラス～Aクラスレベルの俊敏《アジリティ》にもかかわらず、振れ幅が20から30と非常に不安定。重い装備を引きずって、ダンジョンを歩き回っているうちに、鈍《なま》ってしまったに違いない）

「今後、君達には俊敏《アジリティ》を中心にした戦術をとってもらう。そのためにも俊敏《アジリティ》を誤差10以内にまで締めること。それが『精霊《せいれい》の工廠《こうしよう》』が支援と引き換えにあなた達に求める条件です」

「でも、それじゃあ、もし、攻撃力の高いモンスターに遭遇したらどうするんですか？」

「そうよ。私達に防具なしで戦えってたの？」

「その時は逃げる」

「逃げる？」

「そう、ヒット&アウェイ。それが君達の目指す戦術だ。俊敏《アジリティ》で敵に対して優位な位置を取ること。一撃与えて戦場から離脱すること。この2つだけに集中的に取り組むことで俊敏《アジリティ》を引き締めながら、弓使い《アーチャー》として鈍った実戦感覚を取り戻すんだ」

「だからって、なんで防具を外した状態でひたすらモンスターから逃げ回ってるのよ。えーん」

アリスが泣きべそをかきながら言った。

彼らは弓矢以外、特別装備らしい装備を身につけていなかった。

「重い防具を外した状態の動きを思い出す必要がある。実戦を兼ねた方が向上は早い。理屈は分かるんですけれど」

「アリス、クレア。どうにか走り切れ。ロランによるとここら一帯には俊敏《アジリティ》50以上のモンスターは出ないらしい。僕らの俊敏《アジリティ》なら、十分に優位を取れるし、逃げ切れるはずだ」

一撃矢を放《はな》っては逃げる。

それをダンジョンで3日間続ける。

それがロランが彼らに与えた訓練法だった。

3人は『岩肌の狼《ロックファング》』に追い立てられながら、ダンジョン内を駆けずり回った。

一方、『魔導院の守護者』を中心とした大同盟は、順調に裾野の森を進みつつあった。

集まってきたギルドの面々は、セインに自分達の存在を認めてもらおうと躍起になって、道中の露払いに努めた。

「見ろアルル。あいつらが雑魚モンスターを蹴散らした上、道案内してくれる。おかげで、こちらは消耗せずに進むことができるぞ。やはり、島民を味方に付けたのは正解だったな」

「今のところはね」

「案ずることはない。今もこれからもこの旅はずっと順風満帆だ。これではさしもの盗賊《シーフ》どもも我々に手を出せまい。このまま、『巨大な火竜《グラン・ファフニール》』のいる場所まで一気に辿《たど》り着けるだろう」

「だといいんだけど……」

突然、空をつんざく鳴き声が響き渡った。

「なんだ?」

「この鳴き声は……『火竜《ファフニール》』か?」

「バカな。まだ森林地帯だぞ」

「大所帯の気配に反応して山頂から下山してきたんだ」

弱小ギルドの間でどよめきが起こった。

彼らの中には『火竜《ファフニール》』の『火の息《ブレス》』を受け止められる装備を持たない者も多い。

「『火の息《ブレス》』が来るぞ。魔装部隊、展開だ！」

「装備の弱い奴《やつ》らは岩陰に隠れてろ！」

魔法陣の意匠をあしらった鎧と盾を装備した一隊が鳴き声の方に展開する。

やがて、１匹の興奮した『火竜《ファフニール》』が現れ、部隊に『火の息《ブレス》』を吹きかけてくる。

彼らは『火弾の盾』で『火の息《ブレス》』をよく防いだが、慣れない飛行ユニットを相手に攻撃を当てることに手こずった。

「下がっていろ。俺がやる」

セインが前に出て、『竜頭の籠手《ドラグーン》』を構える。

『火竜《ファフニール》』は魔法の盾を構えていないセインを見て、今度こそ焼き殺さんと『火の息《ブレス》』の狙いを定める。

吐き出された業火は、セインに向かって真《ま》っ直《す》ぐ迫り来る。

「ふん。喰《く》らえ」

『竜頭の籠手《ドラグーン》』から放たれた炎の弾丸は『火の息《ブレス》』を切り裂き、『火竜《ファフニール》』の喉を貫通した。

『火竜《ファフニール》』は電池の切れたラジコンのようにしばらくフラフラと空中を漂った後、地上に墜落した。

岩陰に隠れていた冒険者達は先ほどまでとは別の意味でどよめいた。

「見たか？　『火竜《ファフニール》』を一撃で……」

「ああ、なんて火力だ」

セインは『火竜《ファフニール》』の首を摑《つか》んで、全体に見えるように掲げてみせる。

「諸君、見たかね。この『竜頭の籠手《ドラグーン》』の威力を！　私の手にかかれば、最強と誉れ高き『火竜《ファフニール》』の鱗《うろこ》も一撃だ。何も恐れることはない。たとえ『巨大な火竜《グラン・ファフニール》』がどれだけ強かろうとも、この『竜頭の籠手《ドラグーン》』さえあれば忽《たちま》ちのうちに葬り去ることができるだろう」

冒険者達の間で拍手と歓声が沸き上がる。

指揮官の戦闘力を前にして、誰もがそのカリスマ性を認め、『巨大な火竜《グラン・ファフニール》』の討伐成功を信じて疑わなかった。

綻び

セインが『火竜《ファフニール》』を撃ち落とし、高らかに勝利を宣言したその直後だった。

（今だ！）

1人の少女が剣を抜き、セインの懐に音もなく走り寄る。

「セイちゃん。危ない！」

「む？」

間一髪。

剣がセインの喉元に届く寸前、アルルが賊を取り押さえた。

突然の修羅場に冒険者達は騒つく。

「あっぶね。なんだそいつは？」

「分からない。突然、ＰＫ《プレイヤーキル》行為をしかけてきた。盗賊《シーフ》ギルドかな？」

「くっ、貴様離せ！」

「カルラ！　お前、なんてことを」

カルラの所属するギルドの年老いたリーダーがすっかり慌てふためいた様子で彼女の側による。

「お前のギルドの人間か？」

「はい。数日前から家出して行方をくらませていましたが。まさかこんなことをするなんて」

「どうする、セイちゃん？　こいつ、殺しとく？」

アルルが羽交い締めにしたカルラの喉元に刃を突き付ける。

「おい、小娘。一体なぜ俺の命を狙った？　誰に頼まれてこんなことをした？」

「私は誰にも頼まれてなどいない。私は自分の意志でお前を殺しに来たんだ。お前達《たち》の『巨大な火竜《グラン・ファフニール》』討伐を阻止するために……」

「はあ？　お前、そんな理由で……」

「隊長殿。こやつはまだ物の道理も分からぬ世間知らずの娘です。私の方からきつく言っておきますゆえ、どうかお許しを」

「くっ、殺せ！」

「どうかお許しを！」

「チッ。あー、もういい。そいつを解放してやれ。その代わりお前らが街まで責任を持って送り届けろよ」

「は、寛大なご処置感謝致します」

アルルはカルラの腕を折った。

「う、ぐああ」

「悪いけど念のため、戦闘力を奪わせてもらうよ。加えて……」

アルルは短剣《ダガー》をカルラの二の腕に突き立てる。

（なんだこの剣？　痛みを感じない。それどころか血も出ない？）

「これは『呪い石《カーストーン》』で作った呪いの剣。この剣で刺されても血は流れないが、代わりに1週間、刺さり続け、ダメージを保存する。これで回復魔法を使っても数日は治癒不可能だ」

アルルはそれだけ言うと、カルラから離れる。

「おい、アルル。余計なことすんな」

「責務を全うしただけさ」

カルラは腕を襲う鈍い痛みに耐えながら、2人が離れて行くのを感じていた。

他の冒険者達も自分の横を通り過ぎて行く。

（くっそぉ。もっと、もっと私に力があれば……）

セインとアルルはカルラがギルドの同僚に連行されて、山を下っていくのを眺めた。

「ったく、なんなんだよあいつは」

「キレた娘《こ》だったねー」

「いくらダンジョン内での抗争が認められてるからって、全くどうなってんだよこの島は」

「それよりもいいのセイちゃん？　あの子を見逃しちゃって。怪我《けが》が治ったらまた命を狙いにくるかもしれないよ？」

「いいんだよ。ガキが粋がって、わけわからんことするのはいつものことだろ。いちいち、殺してちゃキリないぜ」

セインは苦々しげに言った。

（チッ。嫌なこと思い出しちまった）

カルラの未熟ながらも純粋な殺意を秘めた目、それはセインの苦い記憶を呼び覚ました。まだ、未熟でなんの力も持たず、ただ自分の無力さに歯嚙《はが》みして、足掻《あが》いていた頃の記憶を。

『魔導院の守護者』の主導する大同盟は、道行くところ敵なし、破竹の勢いでダンジョンを進んでいった。

それは『メタル・ライン』に入っても変わらなかった。

『火竜《ファフニール》』、『飛竜《ワイバーン》』、『翼竜《プテラ》』、『岩肌の大鬼《ロックオーク》』、『岩肌の狼《ロックファング》』、etc……。

これら強力なモンスター達が徒党を組んで、一行の前に立ちはだかったが、大同盟は行く手を阻むモンスター達を次々と倒していった。

そうしてやがて、1つ目のレアメタル採掘場に辿り着く。

山の斜面の至る所に純度の高いレアメタルがキラキラと輝いて表出している。

これなら『鉱石採掘』のスキルを使うまでもなく、鉱石を切り出すことができるだろう。

一行は歓声を上げた。

「レアメタルだ！」

「すげぇ。いっぱいあるぞ」

冒険者達は先を争ってレアメタルを採取しようとする。

しかし、耳をつんざく轟音《ごうおん》が採掘場に鳴り響き、冒険者達の足を止めた。

セインが『竜頭の籠手《ドラグーン》』を放ったのだ。

「勝手なことをするな！」

セインが鋭く叫ぶ。

人々の間にどよめきが起こった。

「ここにあるレアメタルは全て我々が取得、管理する。『魔導院の守護者』以外の者がレアメタルに触ることは許さん！」

「なっ、なんだって？」

「そんな、それじゃあ、我々の取り分は無しだって言うのか？」

「各ギルドの取り分は後ほど決める。各々の働きぶりによって相応の報酬が配られるだろう。しかし、それを決めるのは我々だ。現時点で勝手な行動は許さん！　分かったら、その手にしたレアメタルを放し、とっとと後ろへ下がれ。さもなくば、この『竜頭の籠手《ドラグーン》』によって灰燼《かいじん》に帰すことになるぞ」

セインが命じると彼らはしぶしぶレアメタルを地面に置いた。

結局、その場にある鉱石のほとんどは『魔導院の守護者』によって採取され、同盟ギルドに配られたのはわずかばかりで、それも『魔導院の守護者』に最も近しい比較的大手のギルドだけに限られた。

（セイちゃんの悪い癖が出ちゃったな。宝物を前にするとついがめつくなってしまう悪い癖）

とはいえ、公の場で隊長と副隊長が対立している姿を見せるわけにはいかない。

アルルは内心セインの方針に反対だったが、この場では黙っていることにした。

あとで2人きりになった時に、それとなく諭すことにしよう。

アルルがそんなことを考えていると、零細ギルドの連中が何やらヒソヒソと話しているのが聞こえた。

「おい、ちょっと……」

「ああ、分かってる」

見ればそこかしこで、零細ギルドの者達が何やらヒソヒソと内緒話を始めていた。

先ほどまでは『魔導院の守護者』を頼りにし、事あるごとにお伺いを立て、自分を売り込もうと躍起になっていた者達が、セインやアルの与《あずか》り知らぬところで何事か相談しあっているのだ。

（少し……雲行きが怪しくなってきたな）

レアメタルの採取は、『魔導院の守護者』に近しい者達だけで行われたため、作業をしているうちに日が暮れてしまう。

やむなく、一行はその場で野営することとなった。

『魔導院の守護者』の者達は、地面の最も平らな場所にテントを張って野営することができたが、零細ギルドの面々は斜面や木々の生い茂る雑木林など劣悪な環境で一夜明かすことを余儀なくされた。

竜穿弓《りゅうせんきゅう》

3日間の探索を終えたハンス達は、すっかりボロボロの姿になって戻ってきた。
しかし、ロランの目には彼らが随分たくましくなったように見えた。

【ハンス・ベルガモットのステータス】
俊敏《アジリティ》：70－80

【クレア・ベルガモットのステータス】
俊敏《アジリティ》：60－70

【アリス・ベルガモットのステータス】
俊敏《アジリティ》：80－90

（俊敏《アジリティ》全て誤差10以内かつBクラス以上の俊敏《アジリティ》になっている。十分だ）
「どうかなロラン？　僕達の俊敏《アジリティ》は？　新装備を身につけるに足るものになっているか

い？」

「ああ。見違えたよ。数日前とはまるで別人だ。一体どんな魔法を使ったんだい？」

「ふ。大したことじゃないよ。君から言い渡されたトレーニングを淡々とこなしただけさ。魔法をかけたのはむしろ君の方だろ？」

ロランは3人のブーツに目を移す。

3人のブーツはすっかり擦り切れてボロボロになっていた。

(死に物狂いで僕の言い渡した鍛錬をこなしてきたんだな)

「さあ、私達はちゃんと成果を出したわよ。あんたはちゃんと武器を作っておいたんでしょうね」

アリスが言った。

「もちろんだ。君達『天馬の矢』のために専用の武器を用意している」

ロランはハンス達を工房《アトリエ》内に通した。

「これが君達専用の装備『赤矢《せきし》』と『竜穿穹《りゅうせんきゅう》』。竜の吐く炎から身を守り、竜の厚い皮膚を貫くための武器だよ」

「これは……」

ハンス達はそれぞれ弓矢を手に取ってみる。

弓矢には大粒の『炎を吸収する鉱石《ファイアフルト》』が埋め込まれていた。

【赤矢竜《せきしりゅう》 穿穹《せんきゅう》のステータス】
威力：60（↑20）
耐久：60（↑20）
重さ：30
特殊効果：貫通、火炎吸収、対空補正

※上昇分は『外装強化《コーティング》』によるもの

「今回の装備のテーマはいかにして、君達《たち》の俊敏《アジリティ》を活《い》かしつつ、『火竜《ファフニール》』を倒す装備を作るかだ。アイナ説明して」

「はい。『竜穿穹《りゅうせんきゅう》』は重さ30とこれまでの常識を超えた軽さの弓矢です。この弓矢なら皆さんの俊敏《アジリティ》を遺憾なく発揮できるかと思います」

「確かに軽い」

「でも、これだと相当威力落ちるんじゃないの？」

「そこで威力不足を補うのが、私達の開発したこの『赤矢《せきし》』。私の赤い『外装強化《コーティング》』を施すことで威力を高めると共に、『貫通』の効力を付与しています。さらに『竜穿穹《りゅうせんきゅう》』には、ロディの設計で、『火の息《ブレス》』から身を守る『炎を吸収する鉱石《ファイアフルト》』と対空補正を高める工夫も施されています」

「なるほど。対『火竜《ファフニール》』用に特化した装備というわけね」

「いや、大したものだ。この短期間でここまで僕達にフィットした装備を作れるなんて」


【アイナのユニークスキル】

『外装強化《コーティング》』：B（↑1ランク）

【ロディのスキル】

『製品設計』：B（↑1ランク）

（アイナもロディもここに来てまた1つ成長した。ハンス達の依頼はいいタイミングだったな）

「さて、新しい装備もできたことだし。回復が終わり次第、次なるクエストに挑戦してもらうよ」

ロランはハンス達に新たなクエストを提示した。

ハンス達が『竜穿穹《りゅうせんきゅう》』を受け取っている頃、大同盟は『メタル・ライン』を進んでいた。

「よし。今日の探索はここまでだ。モンスターから身を守る防壁を張り、夜営の準備に取り掛かれ」

「隊長殿」

零細ギルドの代表者複数名がセインの前に進み出てひざまずいた。

「ん？　なんだ？」

「零細ギルドを代表して、お聞き願いたいことがあります」

「言ってみろ」

「我々、零細ギルドは大同盟のためにやれることをやり、誠心誠意尽くしてきました。しかし、ここが限界でございます」

「そうか。ならば、山を降りるがいい。夜が明けるとともに、離脱者でまとまって、下山しろ」

「それにつきましてお願いがございます。我々への報酬を先払いして下さいませんか？」

セインの眉がピクリと不愉快そうに動いた。

「以前も言っただろう？　各ギルドへの報酬については『巨大な火竜《グラン・ファフニール》』を討伐し、下山してからその働きに応じて配分する。離脱するギルドは我々が仕事を終えるまで街で待っているがいい」

「しかしですね。我々、零細ギルドからすれば今回の遠征により懐はすでに素寒貧です。竜族の火炎によって鎧《よろい》は剝がれ、岩石族の肌によって剣は刃こぼれを起こし、すっかり消耗しています。今すぐ報酬をいただかなければ我々は武器を整備する費用を工面することも、ダンジョンを探索することもできず、破産してしまいます。隊長殿には何卒《なにとぞ》、寛大な処置を……」

「くどいぞ！　決定を覆すつもりはない！」

「しかし……」

「るせぇ！」

『竜頭の籠手《ドラグーン》』の咆哮《ほうこう》が空に響き渡った。

弾丸は直訴した者の側《そば》を掠《かす》め、山の斜面に直撃し、クレーターをつくる。

「ひっ」

「足手まといになるなら、さっさと失《う》せろ！　これ以上グダグダ言うようなら、お前達を同盟から除名する！　さぁ、分かったら、さっさとこの場から消えろ！」

直訴した零細ギルドの面々は夜営の準備を止《や》め、慌てて山を降り始めた。

それを見届けると、セインはあらためて全軍を見渡し、演説を行った。

「よく聞け。お前達。今後はさらなる強敵との戦いが待っている。足手《あしで》纏《まと》いを守っている余裕はない。使えないとみなせばその場で切り捨てる。そのつもりで死ぬ気で戦え！」

指揮官の非情さに全軍の士気は今一度引き締められた。

彼らは再び『魔導院の守護者』への忠誠を見せるため、あくせくと働き始める。

セインは全軍の士気が戻るのを確認すると自分のテントへと戻った。

他のギルドの者が周りにいなくなる場所までくると、愚痴《こぼ》を零し始める。

「ったく、これだから弱い奴《やつ》らは。いちいち手間かけさせやがって」

アルルは彼に付き添いながらその様子を見守る。

(かなりカリカリしてるなセイちゃん。同盟ギルドが役に立たないっていうのもあるけれど、直接の原因はあのカルラって娘《こ》か。あの娘と遭遇してからずっとイライラしてる)

セインは苛立《いらだ》ちまぎれに地面の土を蹴った。

砂埃《すなぼこり》が一瞬立ち上り、消える。

(このまま何も起こらなければいいんだけれど……)

巨大な火竜《グラン・ファフニール》

アルルの心配をよそに大同盟は快進撃を続け、3日後には山頂に到達していた。

火口へと続く道の先には岩石の肌に包まれた『巨大な火竜《グラン・ファフニール》』の長い鎌首がもたげているのが見える。

「見ろ。『巨大な火竜《グラン・ファフニール》』だ」

セインはほくそ笑み、籠手《ガントレット》に包まれた拳を握り締める。

「ククク。ついにこの時が来たぜ。Sクラスの称号を手に入れる時が。アルル、これより俺は『巨大な火竜《グラン・ファフニール》』との戦闘に入る。部隊の指揮は任せたぞ」

「セイちゃん。本当に『巨大な火竜《グラン・ファフニール》』と戦うの？」

「当然だ。そのために俺達は大同盟を率いてここまで来たんだ。後戻りする理由がどこにある？」

「レアメタルはもう十分に採取した。ギルドからの指令は果たしたんだよ。力押しの無茶な行軍で部隊は疲弊している。そろそろここいらで引き上げて……」

「バカを言うな！　ここまで来て引き下がれるか」

「あ、待ってよ」

セインはアルルの制止も聞かず先へ先へとずんずん進んでしまう。

（ダメか。こうなったらもうセイちゃんは止められない）

アルルはチラリと部隊を振り返る。

セインが発破をかけたことで、一時的に士気を取り戻したかにみえた同盟ギルド達だが、すぐに彼らは消極性をみせ始めた。

なるべく自らは消耗しないようにして、『魔導院の守護者』に戦わせる。

おかげで『魔導院の守護者』の冒険者達はすっかり消耗していた。

アルルはチラリと下山ルートをかえりみた。

背後を脅かしてくるかに思えた盗賊《シーフ》ギルドの連中は不気味なほど鳴りを潜めていた。

しかし、こちらの動きは摑《つか》んでいるはずだった。

ただでさえ、『竜頭の籠手《ドラグーン》』をやたら撃ちまくっているのだ。

盗賊《シーフ》ギルドはすぐ後ろに潜んでいるに違いない。


セインが灰色の地面（『巨大な火竜《グラン・ファフニール》』の縄張りを示している）に踏み込んだことで戦端が開かれた。

「行くぜ。『巨大な火竜《グラン・ファフニール》』！」

セインは『巨大な火竜《グラン・ファフニール》』に向かって一気に駆け出した。

『巨大な火竜《グラン・ファフニール》』の方でもセインが近づいてきたのを知覚する。

その長い鎌首を緩慢な動きで持ち上げて、セインの方に向ける。

「遅い！」

セインが『竜頭の籠手《ドラグーン》』を起動させる。

籠手《ガントレット》は砲筒となり、筒の中に張り巡らせた魔法陣が光り輝く。

セインのスキル『爆炎魔法』によって発生した火炎が筒の中で収束され、一気に放たれる。

『巨大な火竜《グラン・ファフニール》』の方でも『火の息《ブレス》』を吐き出し、撃ち合いになった。

『巨大な火竜《グラン・ファフニール》』の『火の息《ブレス》』はそれまでの『火竜《ファフニール》』や『飛竜《ワイバーン》』の吐くものとは一味違うものだった。

厚みと高さがあるその炎は、津波のように押し寄せてきて、１００名以上からなる冒険者の集団を丸呑《まるの》みしてしまうかのように思われた。

しかし、噴射力では『竜頭の籠手《ドラグーン》』の方が優《まさ》っていた。

『竜頭の籠手《ドラグーン》』から放たれた炎の弾丸は、火炎の津波を切り裂き、『巨大な火竜《グラン・ファフニール》』の額に直撃する。

「よし、やったぜ」

『巨大な火竜《グラン・ファフニール》』の放った壁のような炎は、散り散りに千切れ、セインのはるか後ろに控える後詰の部隊に襲いかかった。

「『火の息《ブレス》』が来るよ。『火弾の盾』を構えて！」

アルルが叫ぶように命じた。

『魔導院の守護者』の隊員達《たち》は素早く盾を構える。

同盟ギルドの者達はすかさず『魔導院の守護者』の背後に隠れた。

『火弾の盾』は無数の炎の塊を弾《はじ》き返す。

「うぐっ」

「うあああああ」

何名かの『火弾の盾』に埋め込まれた『炎を弾く鉱石《ファイアレスト》』が破壊される。

炎はそのまま『炎を弾く鉱石《ファイアレスト》』の加護を無くした冒険者達に襲いかかる。

「うわああ盾が壊れた！」

「回復魔法を！」

「水系の魔法もだ」

にわかに消火活動と回復で部隊は忙しくなった。

「みんな、部隊の最前列を20メートルほど下げよう。ここじゃ危険すぎる」

アルルが命じた。

（『火弾の盾』が破壊されるとは。なんて火力。まるで災害だ。これがSクラスモンスター『巨大な火竜《グラン・ファフニール》』。セイちゃんは大丈夫か？）

アルルがセインの方を見ると、彼はこの焼け野原の中にいて無傷で『巨大な火竜《グラン・ファフニール》』と向き合っていた。

（無事か）

アルルはホッと胸を撫《な》で下ろす。

「ふっ。一撃食らった割には妙に大人しいじゃねーか」

セインがそう言って挑発する。

しかし、『巨大な火竜《グラン・ファフニール》』は錆《さ》びた機械のように妙に緩慢な動きをするだけだった。

「しばらく挑戦者もいないうちに覇気もなくなっちまったか？　そっちから来ないのならこっちから行くぜ」

セインはさらなる一撃を加えるべく『竜頭の籠手《ドラグーン》』を起動させる。

『巨大な火竜《グラン・ファフニール》』はそれを見て、ようやくその重い腰を上げた。

億劫《おっくう》そうに口を開け始める。

セインと『巨大な火竜《グラン・ファフニール》』はまたしても炎の弾丸と『火の息《ブレス》』を撃ち合った。

結果は先ほどと全く同じだった。

『竜頭の籠手《ドラグーン》』は『巨大な火竜《グラン・ファフニール》』の岩の体にヒビを入れる。

『火の息《ブレス》』は、拡散しながら冒険者達の装備を削る。

「うわぁ」

「盾が壊れた奴は下がれ」

「頼む。こっちにも回復を……」

（くそっ。セイちゃんを援護したいけど、『火の息《ブレス》』が怖くて近づけない。それにしても妙だな）

アルルは不審げに『巨大な火竜《グラン・ファフニール》』の方を見る。

（さっきから、セイちゃんがちょっかいをかけてるにもかかわらず、全くこちらを倒そうという意図が感じられない。まるでこっちのことなんて一向に気にしていないみたいだ）

セインも歯痒《はがゆ》さを感じていた。

（ダメージ自体は与えているはずだが……、どうにも手応えを感じねぇな）

火力では互角だったが、先ほどからセインが撃てば向こうも撃ってくるの繰り返しで、どうにも撃っているというより撃たされている感じだった。

（こっちのガス欠を狙ってるのか？　いずれにしても撃ち合いじゃラチがあかねぇ。敵から動く気にさせるには……）

「もっと大ダメージを与えないとダメってか。それならっ！」

セインは『巨大な火竜《グラン・ファフニール》』の懐に向かって走り込む。

「もっと至近距離から『竜頭の籠手《ドラグーン》』をぶち込んでやるぜ！」

すると『巨大な火竜《グラン・ファフニール》』は岩の翼を広げてきた。

空を覆わんばかりの巨大な翼は、広げるだけで纏《まと》わり付いた岩を剝がし、岩は礫《つぶて》となって、セインの周辺に降り注ぐ。

「うおっ」

（ぐっ、この礫、威力自体は大したことないが、数が多過ぎる。これ以上進めない）

止《や》むを得ずセインは足を止める。

そのうちに『巨大な火竜《グラン・ファフニール》』は後退して再び距離を取る。

（チッ、こいつまた距離を取りやがった。持久戦のつもりか？）

「セイちゃん、これ使って！」

アルルがセインに向かって盾を投げた。

「おお、助かったぜ」

セインは盾を受け取り『巨大な火竜《グラン・ファフニール》』に向けて構える。

これで今度は礫の雨が降ろうとも接近することができるだろう。

すると今度は突然、『巨大な火竜《グラン・ファフニール》』はセインに対し背中を向ける。

すかさず、ゴツゴツの岩に包まれた尻尾を鞭《むち》のようにしならせてセインに叩《たた》きつける。

「うおっ」

セインは間一髪のところで、後ろに跳びのき事なきを得る。

「はっ、ようやく反撃らしい反撃をしてきたじゃねえか。近づかれるのは嫌か？」

セインはそう言いながら、今度は不用意に近づこうとせず敵との間合いを保ち、ぐるりと円を描きながら、『巨大な火竜《グラン・ファフニール》』の背後に回り込もうとする。

『巨大な火竜《グラン・ファフニール》』は緩慢に体の向きを変えるものの、セインの俊敏《アジリティ》にはついて行けず、視界から彼の姿を取り逃がしてしまう。

「もらった！」

セインは『巨大な火竜《グラン・ファフニール》』の懐に潜り込み、両足の間に陣取ると（ここなら尻尾攻撃も回避できる）、至近距離から土手っ腹に向かって『竜頭の籠手《ドラグーン》』を撃ち込んだ。

『巨大な火竜《グラン・ファフニール》』の体がガクンと揺れる。

セインはほくそ笑んだ。

（手応え……アリ！）

撃ち込まれた弾丸から、亀裂はみるみるうちに広がり、『巨大な火竜《グラン・ファフニール》』を纏う岩の肌はガラガラと崩れ始める。

地獄の業火

「うおっ」

セインは崩れゆく『巨大な火竜《グラン・ファフニール》』の体から逃れるべく、後ろに跳びのいた。

間一髪で崩落から免れる。

（危ねぇ。危ねぇ。だが、今の攻撃は手応えがあったぜ）

冒険者達の間でざわめきが起こった。

「『巨大な火竜《グラン・ファフニール》』の体が崩れてるぞ」

「やったか？」

『巨大な火竜《グラン・ファフニール》』の立っていた場所は砂埃《すなぼこり》に覆われてよく見えなかった。

冒険者達は視界が晴れるのを固唾を呑んで見守る。

やがて風が砂塵《さじん》を連れ去ると、岩の重しをすっかり取り払った『巨大な火竜《グラン・ファフニール》』が姿を現す。

『巨大な火竜《グラン・ファフニール》』は犬のように体を身震いさせて、体に纏わり付いた砂塵や石くれを振り払うと、脱皮したばかりの蛇のようにキラキラと美しい鱗《うろこ》を晒《さら》した。

爬《は》虫類《ちゅうるい》を思わせる独特の眼球運動で、目をぎょろつかせながら、首を振ってキョロキョロと辺りを見回す。

「みんな下がって！」

アルルは急いで部隊を下がらせた。

(『巨大な火竜《グラン・ファフニール》』に生気が戻った。やはり、今までは半分眠った状態で戦っていたのか)

「ふ。ついに本領発揮ってわけか。血湧き肉躍る……」

『巨大な火竜《グラン・ファフニール》』はセインの方をジッと睨《にら》んだかと思うと、突然、雄叫《おたけ》びを上げ始めた。

(っ。なんだ!?)

セインは耳をつんざく竜の鳴き声に耳を塞いだ。

『巨大な火竜《グラン・ファフニール》』が鳴き止むと、火山の火口からモゾモゾと何かが這《は》い出てくる。

「あれは!?」

現れたのは『火竜《ファフニール》』だった。

そのうち大きく開けた火口からドンドン『火竜《ファフニール》』が出て来て、洞窟のコウモリのように折り重なって、火口付近に不気味な黒い影を作る。

大同盟の者達は絶句した。

(なんて数だ。あんなのがいっぺんに来たら……)

「ふ。なにをするのかと思えば、自分だけでは勝てそうにないから仲間を呼んだというわけか」

　セインはジリジリと『巨大な火竜《グラン・ファフニール》』との間合いをはかる。

「だが、たかが『火竜《ファフニール》』ごとき、俺の相手では……」

　突然、『巨大な火竜《グラン・ファフニール》』は首を翻して後詰の部隊の方に走り出した。

　冒険者達はその機敏さにギョッとする。

「チッ」

　セインは『竜頭の籠手《ドラグーン》』を構えたが、時既に遅しだった。

『巨大な火竜《グラン・ファフニール》』は『火の息《ブレス》』を吐きかける。

「防御回復全開！　急げ！」

　アルルが叫んだ。

『火弾の盾』は『巨大な火竜《グラン・ファフニール》』の『火の息《ブレス》』を吸収したが、それでもその息の圧力には抗《あらが》いようもなく、盾を構えて固まった冒険者達に直撃し、大ダメージを与えると共に隊列を吹き飛ばした。

「うあっ」

「ぐあああっ」

　そうして、部隊が崩れると一斉に火口付近の『火竜《ファフニール》』の群れが飛び立った。

　空を黒い影が覆い、散り散りになった冒険者達に向かって急降下していく。

『巨大な火竜《グラン・ファフニール》』は再び大きく息を吸い込んで、大同盟に『火の息《ブレス》』を浴びせようとする。

「このっ」

セインは『竜頭の籠手《ドラグーン》』を放つが『巨大な火竜《グラン・ファフニール》』は頭を伏せ、グニャリと胴体を弓なりにさせてかわす。

（くっ、こいつ、デカブツのくせになんつー軟体だよ）

「それなら、さっきみたいに懐に入って……」

セインは先ほどのように円を描きながら『巨大な火竜《グラン・ファフニール》』の側面に回り込む。

『巨大な火竜《グラン・ファフニール》』はセインの俊敏《アジリティ》に対応できず、見失ってしまう。

「よし。小回りのよさではまだこちらの方が上だぜ」

セインは『巨大な火竜《グラン・ファフニール》』の懐に潜り込んだ。

「喰《く》らえ」

完全な死角からの一撃が入るかに見えたその瞬間、『巨大な火竜《グラン・ファフニール》』は膝を屈《かが》めたかと思うと、空に飛び上がった。

「なっ」

セインの放った炎弾は『巨大な火竜《グラン・ファフニール》』の体から逸《そ》れ、空を裂き、見当外れの方向に飛んでいく。

そして、セインが呆然《ぼうぜん》としているのを余所《よそ》に、急降下して、勢いそのままに着地した。

地面がグラグラと揺れる。

（なっ、地面が揺れ……、足が動かせない）

『巨大な火竜《グラン・ファフニール》』はその長い首を巡らせて、『津波のような火の息《グラン・ブレス》』をセインに浴びせた。

「くっ……」

セインは『竜頭の籠手《ドラグーン》』で打ち消そうとしたが、腕が上がらないことに気づいた。

（なっ、故障!?）

「ウソだろ、おいっ」

辺り一面を地獄の業火が焼き尽くす。


（う、俺は生きてるのか？）

セインは火の海の中で火傷《やけど》の痛みを感じた。

痛みがあるということは生きているということだ。

セインは意識を朦朧《もうろう》とさせながらもあたりを見回してみる。

すると、足元に魔法陣が浮かんでいた。

（これは……『防御付与』と『回復魔法』。支援と回復のダブル魔法か。火の海の外から対象に向かって魔法を的確に発動させる命中率の持ち主。こんな芸当ができるのは……）

セインが振り向くと、そこにはやはり杖《つえ》を構えたアルルがいた。

「この回復魔法。やっぱりお前の仕業か」

「セイちゃん。ここまでだ。退却するよ。もうこれ以上Sクラスの称号にこだわっている場合じゃない。これ以上セイちゃんが戦うというのなら、僕達《たち》もセイちゃんを置いて離脱するしかない。『竜頭の籠手《ドラグーン》』が故障した状態で、『巨大な火竜《グラン・ファフニール》』と『火竜《ファフニール》』の群れを相手に1人で渡り合えるの？」

「くっ」

すでに大同盟の方には『火竜《ファフニール》』が断続的に襲い掛かっていた。

戦闘の怒号と悲鳴が聞こえる。

このままこの場所にいては保たないだろう。

セインはふと上空から風圧を感じた。

すかさずその場を離れると、『巨大な火竜《グラン・ファフニール》』がセインを踏み潰すべく、豪快に着地する。

セインは間一髪でかわした。

「くっそ」

「セイちゃん！」

「分かってる！　退却だ。急いでこの場から離脱するぞ」

セインが『巨大な火竜《グラン・ファフニール》』に背を向けて逃げ出すと、大同盟に所属する冒険者達は固まって一斉に山を駆け下り始めた。

背後では、『巨大な火竜《グラン・ファフニール》』が勝利の雄叫びを上げるとともに、祝砲のように上空に

『火の息《ブレス》』を放っていた。

「くっそお」

セインは悔しそうにふり仰ぎながら、来た道を引き返していくしかなかった。

「セイちゃん、装備の状態は？」

「……ダメだ。『竜頭の籠手《ドラグーン》』は使い物にならねえ」

セインは籠手《ガントレット》を曲げ伸ばしして、可動域を確かめながら言った。

彼の籠手《ガントレット》はもはやまともに指の関節を曲げることすらあたわなかった。

「悪いが、帰りのモンスターとの戦闘はお前に任せるぜ」

「モンスターだけで済んだらいいんだけどね」


「見ろ。『魔導院の守護者』の奴《やつ》ら尻尾を巻いて逃げ帰ってくるぜ」

ジャミルは愉快そうに望遠鏡を覗《のぞ》きながら言った。

彼の目には望遠鏡越しに山を駆け下って来る大同盟の面々の姿が映っていた。

「やはり『巨大な火竜《グラン・ファフニール》』は倒せなかったか」

「どいつもこいつも装備はボロボロだ。そのくせ体は重そう。ありゃ相当レアメタルを抱え込んでるぜ」

「カモが宝石を咥《くわ》えてこっちにやって来るというわけだな」

「行くぞ。狩りの時間だ。散々人の庭で好き勝手したこと、後悔させてやるぜ」

盗賊《シーフ》ギルド『白狼《はくろう》』の者達は武器を手にして密《ひそ》やかに森を移動し始めた。

混迷の中の希望

　どうにか『巨大な火竜《グラン・ファフニール》』のテリトリーから離脱した大同盟だったが、息つく暇もなく次なる脅威が降りかかってきた。

『巨大な火竜《グラン・ファフニール》』の雄叫びに触発された竜族がにわかに活発な動きを見せ、大同盟に襲いかかってきたのだ。

「右から『火竜《ファフニール》』が10体来るぞ！」

「くそっ、またかよ」

「チィ、次から次へと」

「右翼に『火弾の盾』を展開させろ！」

『魔導院の守護者』の、まだ『火弾の盾』の耐久に余裕のある者達が右翼に展開する。

『同盟ギルドの連中は何をやっている。戦っているのは『魔導院の守護者《俺達》』ばかりじゃないか」

「落ち着いてセイちゃん。彼らでは『火竜《ファフニール》』の火力に対抗するのは無理だ」

「ええい、役立たずどもが！」

　それでも『魔導院の守護者』の者達は、『火竜《ファフニール》』に上手《うま》く対処して1匹ずつ片付けていく。

「よし。いけるぞ」

「焦るなよ。1匹ずつ仕留めていけ」

『火竜《ファフニール》』の脅威を退けられると思い全軍の気が緩んだその時、突然、左翼に矢の雨が降り注いだ。

「なんだ？　一体どうした？」

「弓矢？　なぜ、俺達が撃たれている？　まさか……」

白い狼《おおかみ》の紋章を肩に付けた一隊が岩陰から現れる。

盗賊《シーフ》ギルド『白狼』の弓隊だった。

「あれは盗賊《シーフ》ギルド!?」

「くっ、こんな時に……」

「『魔導院の守護者』は『火竜《ファフニール》』で手一杯だ。ここは同盟ギルドで対応して」

アルルはそう指示を出すが、いまだ報酬の不明瞭な同盟ギルドの士気は低く、譲り合うように戦闘を避け、大同盟のために『白狼』を追い払おうという気概を示す者はいなかった。

おかげで『白狼』の弓攻撃によって体力《スタミナ》と装備をジワジワ削られていく。

「くそっ、こうなったら俺が行く。どけ！」

セインが剣と盾をとって戦おうとするが、今の彼の劣化した装備とステータスでは矢の雨を突破して敵に斬りかかることはできなかった。

むしろ、肩に矢を受けてしまう。

「ぐっ」

「隊長！　大丈夫ですか？」

「無理です。下がってください」

「くそっ。『竜頭の籠手《ドラグーン》』さえあれば、あんな奴ら一瞬で蹴散らす事ができるのに」

セインは肩に刺さった矢を自分で抜いて、苛立《いらだ》たしげに地面に叩《たた》きつけた。

少し高い場所から戦闘を見ていたジャミルとロドは、セインの消耗を目ざとく察知した。

「見ろよ。あの野郎、すっかりへばってるぜ」

「『鑑定』してみろよ」

「ああ」

【セインのステータス】
腕力《パワー》：40－90
耐久力《タフネス》：40－90
俊敏《アジリティ》：40－90

体力《スタミナ》：50－130
魔力：1－130

ジャミルはニヤリと笑った。

「どうだ？」

「魔力の最低値1。あいつ、もう『竜頭の籠手《ドラグーン》』撃てねえぜ」

「ほお」

「よし。白兵戦部隊を前進させろ。『竜頭の籠手《ドラグーン》』を恐れる必要はない」

『白狼』による攻撃はますます激しさを増していった。

大同盟は防戦一方になり、1人また1人と捕虜となっていく。

右翼の者達がようやく『火竜《ファフニール》』を片付けて、左翼に駆けつけたと思った時には盗賊《シーフ》達は十分な戦果を得てさっさと引き上げていった。

「くそっ、逃げられたか」

「全く逃げ足の速い奴らだな」

「どうします？　追撃しますか？」

『魔導院の守護者』のまだ元気な者達は、『白狼』を追撃する気勢をアルルに対して見せた。

「いや、ここは放っておこう。今はとにかく街へ引き返すのが先決だ。ただし、もし次『白狼』が来た場合は……」

「副隊長！　また、『火竜《ファフニール》』の群れです」

「くっ、またかっ」

大同盟は（実質的には『魔導院の守護者』は）また忙しく『火竜《ファフニール》』に対応した。

そして、それを見越したかのように再び『白狼』が襲来してくる。

「くそっ。またか」

「どうしてこうも盗賊《シーフ》どもに都合よく『火竜《ファフニール》』が襲ってくるんだ」

（確かにおかしい）

アルルも『火竜《ファフニール》』の動向に不審なものを感じた。

（さっきから『火竜《ファフニール》』が僕達ばかり襲って、『白狼』の方には一向に行かない。偶然とは思えない。まさか何かのスキルか!?）

「見ろ。アイツら川に沿って山を降っていくぜ」

ジャミルが川の方を指差しながら言った。

「川の反対側から『火竜《ファフニール》』の『火の息《ブレス》』を浴びせてやれ」

「よし来た」

ロドは角笛に口を付け、竜にしか聞こえない音色を奏でる。

スキル『竜笛』だった。

空を彷徨《さまよ》っていた『火竜《ファフニール》』達《たち》はロドからのメッセージを受け取って、翼を翻す。

すぐに『魔導院の守護者』のいる場所から怒号と悲鳴が響き渡る。

「よっしゃ。成功」

「ククク。それじゃまた楽しむとするか。反撃されることのない一方的な狩りを」

その後も大同盟は『火竜《ファフニール》』と『白狼』による挟み撃ちを受け続けた。

こうして何度も攻撃を受けているうちに大同盟の士気はいよいよ低下してゆく。

そしてついに同盟ギルドから『白狼』に投降する者達が出始めた。

「助けてくれ。もう俺達は抵抗しない」

「降参するから撃たないでくれ」

セインはそれを見て、ギョッとする。

（なっ、馬鹿野郎。今、お前達が降参したら……）

現状、大同盟の陣容は『魔導院の守護者』の魔導騎士が『火竜《ファフニール》』に当たり、『白狼』の攻撃を同盟ギルドを盾にすることでどうにか成り立っていた。

同盟ギルドが投降しようものなら『白狼』からの攻撃を支えきれなくなる。

案の定、『白狼』の白兵戦部隊は同盟ギルドの者達の降伏に応じることなく、むしろ突撃してきた。

　同盟ギルドの者達は攻撃に晒《さら》されながら追い立てられ、現在、『火竜《ファフニール》』と交戦中の『魔導院の守護者』の方に雪崩《なだ》れ込む。

　大同盟は混迷を極めた。

「うわあああああ」

「ぎゃあああああああ」

『魔導院の守護者』の者達はなんとか反撃しようとしたが、同盟ギルドの者達が恐慌状態でこちらに逃げてくるために、ろくに武器も構えられないまま、敵の攻撃に晒されてしまった。

　そして、ついに魔導騎士の1人が鎧《よろい》を破壊され、大ダメージを受ける。

　あたりに持っていたレアメタルが散らばった。

　盗賊《シーフ》達が群がって、レアメタルを拾っていく。

　セインは呆然《ぼうぜん》とした。

（せっかく集めたレアメタルが……）

「落ち着け。どうにか立て直すんだ」

　同盟ギルドの一角で『白狼』を跳ね返す動きがあった。

（あれは……）

アルルがそちらの方を見ると、青い『外装強化《コーティング》』を施された盾と鎧で戦っている零細ギルドの戦士《ウオーリアー》の姿が見える。

エリオ達『暁の盾』だった。

エリオは突撃してくる重装備の盗賊《シーフ》達を1人で受け止め、むしろ押し返していく。

おかげで『魔導院の守護者』に立て直す余裕ができた。

「ほお、あいつらやるじゃねーか」

魔導騎士の1人が感心したように言った。

「見慣れない装備ですな。金槌《かなづち》を持つ精霊の意匠……」

「とにかく、助かったのは確かだ。副隊長、今のうちに立て直しますぞ」

「ええ、手の空いている者は『火槍《ジャベリン》』を。青鎧君が持ちこたえているうちに、彼らの背後のスペースを活用しよう。突撃態勢の準備をして！」

アルルが指示を出した。

セインも発破をかける。

「魔導騎士の矜持《きょうじ》を思い出せ。我々の強みは魔導師であるにもかかわらず、白兵戦もこなせることだったはずだ！　白刃でもって敵を薙《な》ぎ倒し、滅多刺しにしろ。押しに押して一歩も引かず、敵を潰走させるんだ」

『火槍《ジャベリン》』は、対『火竜《ファフニール》』用の武器だったが、対人用の武器としても十分機能した。

その銀の刃先に宿る精霊から発せられる熱は、鉄を焼き、盾を貫き、鎧を穿《うが》つのに十分な威力を持っている。

そうして配置された『火槍《ジャベリン》』部隊は『白狼《はくろう》』に乾坤一擲《けんこんいってき》の一撃を与えるべく突撃した。

しかし、突き出された『火槍《ジャベリン》』は『白狼』の持つ盾と交叉《こうさ》した途端あっさりと無力化されてしまう。

(な、なんだ?)

魔導騎士の1人は自分の『火槍《ジャベリン》』が上手《うま》く火を放たないことに気づいた。

『白狼』の白兵戦部隊の盾には『銀砕石』が仕込まれていた。

銀を砕く『火槍《ジャベリン》』の天敵とも言える相性最悪の武装である。

魔導騎士達の攻撃は受け流され、あっさりと反撃される。

1人1人、取り囲まれてダメージを受け、保有していたレアメタルを奪われる。

「そんな……バカな」

絶望的な戦況を目の当たりにして、セインはワナワナと震える。

「あーあ、ダメだ。こりゃ」

アルルが匙《さじ》を投げたように言った。

「セイちゃん、これ以上はいたずらに戦力を消耗するだけだよ。かくなる上はバラバラに逃げて、街まで落ち延びよう」

「くそっ。チクショウ！　由緒ある冒険者ギルドが盗賊《シーフ》ごときに背を向けて落ち延びねばならんとは。なんたる醜態だ！」

　ここに大同盟は崩壊し、敗走を余儀なくされるのであった。


　エリオ達『暁の盾』は最後まで踏みとどまって『白狼』と戦っていた。

　しかし、それが裏目に出て、すっかり逃げ遅れてしまう。

　エリオはギルドメンバー全員のために殿《しんがり》に立って退路を確保しながら街への道を急いでいた。

「頑張れ。あと少しだぞ」

　リーダーのレオンが弓使い《アーチャー》のジェフに呼びかける。

　彼は息も絶え絶えになりながら、レオンの肩にもたれかかってどうにかヨタヨタと歩いていた。

　慣れない混戦に巻き込まれて深手を負ってしまったのだ。

「すまない。俺のせいで」

「何言ってるの。困った時はお互い様でしょ。さ、弱音を吐いている暇があったら歩いて」

　盗賊《シーフ》のセシルが、元気付けるように言った。

エリオはジェフの方を心配そうに見ながら、パーティーを護送する。

このメンバーで、この周辺のモンスターとまともに戦えるのは彼をおいて他になかった。

（なんとか街まで逃げ延びることができれば……。頼む。モンスターよ、現れないでくれ）

しかし、そんなエリオの願いも虚《むな》しく、耳障りな鳴き声とともに空を大きな影が覆う。

エリオはハッとして、空を見上げた。

（『火竜《ファフニール》』！　やばい。見つかった）

「くそっ」

エリオは短剣《ダガー》を抜いて盾を構え『火竜《ファフニール》』と向き合う。

しかし、空を飛び鋼のような鱗《うろこ》を持つ『火竜《ファフニール》』に対して、それはあまりにも頼りない武器だった。

そうこうしているうちに反対側にも『火竜《ファフニール》』が現れた。

（くっ、挟まれたか。どうする？）

「俺のことはいい。見捨てて逃げろ」

ジェフが呻《うめ》くように言った。

「バカ言わないで。絶対にそんなことしないから」

セシルが言った。

レオンは苦渋に表情を歪《ゆが》ませる。

ジェフを見捨てるか、パーティーの全滅か。

それは彼の一存で決するにはあまりにも重い決断だった。

『火竜《ファフニール》』の口に『火の息《ブレス》』が溜《た》まる。

(くっ、ここまでか)

突如、空を3本の赤い矢が切り裂いた。

それはそのまま『火竜《ファフニール》』に直撃して、翼と喉を貫く。

『火竜《ファフニール》』はそのままよろめいて、『火の息《ブレス》』は消化不良のままふかして、地面に墜落した。

(な、なんだ？　助かったのか？)

レオンは狐《きつね》につままれたような気分で、地面に横たわる『火竜《ファフニール》』を見つめる。

「大丈夫かい？」

ハッとして声の方を振り返ると、そこには遊び人風の青年1人と対照的にしっかりした印象の姉妹がいた。

「今の攻撃、お前達が……？」

「うん。僕達はギルド『天馬の矢』さ。君達も『精霊の工廠《せいれいのこうしょう》』とパートナーシップを結んでるんだろ？」

ハンスは『竜穿穹《りゅうせんきゅう》』をかざして、そこに刻まれた紋章をレオンに見せる。

「その紋章は……‼」

金槌を持った精霊の紋章、まごうかたなき『精霊《せいれい》の工廠《こうしょう》』の紋章だった。

「そう、『精霊《せいれい》の工廠《こうしょう》』の新装備『竜穿穹《りゅうせんきゅう》』。本当はロランに大同盟には関わるなと言われていたんだけどね。でも、君達の武器についているその紋章が目に入っちゃって。これは同じ『精霊《せいれい》の工廠《こうしょう》』ファンとして、助けなきゃと思ってね」

ハンスはにっこりとその人好きのする笑みを見せた。

「僕達が来たからにはもう大丈夫だよ。ここから街までの間、我々『天馬の矢』が『火竜《ファフニール》』の脅威から君達を庇護《ひご》しよう」

火竜《ファフニール》の怒り

エリオ達《たち》の危機はまだ終わらない。

『火竜《ファフニール》』はもう1体いる。

新たなヘイトの矛先を見つけた『火竜《ファフニール》』は、攻撃目標をエリオ達からハンス達に変える。

ハンス達3人は『赤矢《せきし》』を放つが、『火竜《ファフニール》』はそれを物ともせず立ち向かってくる。

「む。一撃で倒せなかったか」

「先ほどの火竜《ファフニール》よりも一段レベルが高いようね」

「なら、もっとダメージを与えるまで。行くわよ」

3人は駆け出して『火竜《ファフニール》』の側面に回り込もうとする。

『火竜《ファフニール》』は『火の息《ブレス》』を吐いて焼き殺そうとするが、3人を捉えることができない。

(速い！　空を飛ぶ『火竜《ファフニール》』に対して、俊敏《アジリティ》で優越してる。この3人は一体……)

アリスはその俊足で『火の息《ブレス》』をかわすだけでなく、反撃しようとする。

(スキル『速射』！)

アリスの放った矢は『火竜《ファフニール》』に刺さる。

「グッギギィ」

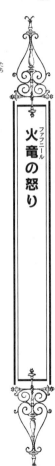

（アリスのスキル『速射』。威力は半減するが、その分通常の二分の一の予備動作で矢を放つことができる。アリスの俊敏《アジリティ》は僕達の中でも抜けているから敵の注意をかき回す囮役《おとり》にはもってこいだな）

アリスが『火竜《ファフニール》』のヘイトを集めてくれるおかげで、ハンスは悠々と『抜き足《サイレントラン》』で気づかれないまま『火竜《ファフニール》』の死角に入り、矢を放つことができた。

しかし、寸前で気づかれ、かわされる。

（む。外したか）

『火竜《ファフニール》』はその長い首を翻して、ハンスの方にその口を向け『火の息《ブレス》』を放つ。

その時、ハンスの弓矢に埋め込まれた赤い宝石が輝いた。

『火竜《ファフニール》』の吐いた『火の息《ブレス》』を吸い込んでしまう。

（あれは……『炎を吸収する鉱石《ファイアフルト》』!?）

「さあ、お膳立てはしたよ。後は頼む姉妹達よ」

クレアが3本の矢を瞬く間に放つ。

（スキル『連射』！）

『火の息《ブレス》』を吐いている途中の『火竜《ファフニール》』はクレアの射撃に対応できない。

クレアの放った3本の矢は全て『火竜《ファフニール》』に命中する。

駄目押しとばかりに、アリスが『速射』を放つ。

しかし、それでも『火竜《ファフニール》』はまだ生きていた。

ハンスに向かって突進してくる。

「素晴らしい勇姿だ『火竜《ファフニール》』よ。だが、これで終わりだ！」

ハンスが弓に矢を番《つが》えると、『炎を吸収する鉱石《ファイアーアブソルト》』が反応した。

通常の射撃とは違うハンスのスキル『魔法射撃』だった。

『火の息《ブレス》』を纏《まと》った赤い矢が『火竜《ファフニール》』の額に当たる。

自身の吐いた『火の息《ブレス》』も付けて射撃された『火竜《ファフニール》』はあえなく地面に墜落する。

レオンは呆然《ぼうぜん》としながら、ハンス達と地上に墜《お》ちた『火竜《ファフニール》』を見比べる。

（ギルド『天馬の矢』。俺達と変わらない無名の零細ギルドだったはず。にもかかわらずこの短期間で、Bクラスモンスター『火竜《ファフニール》』をいとも簡単に倒せるまでに……。これがロランの育成能力だっていうのかよ？）

「ふう。どうにか倒せたな」

「ハンス。怪我《けが》はない？」

クレアが心配そうに聞いた。

「ああ、大丈夫だ。『炎を吸収する鉱石《ファイアーアブソルト》』はよく炎を吸い取ってくれたよ。僕のことよりも心配なのは彼だ」

ハンスはジェフの方に目を向けた。

「『暁の盾』のギルド長。確か、名前はレオンだったたね？　積もる話は置いといて、とりあえず街に戻らないか？　弓使い《アーチャー》の彼、重傷なんだろ？」

「おお、そうだ。急がねーと」

「待って、この揺れは何？」

クレアが不思議そうに言った。

言われてみれば、とその場にいる7人は先ほどから感じる微弱な震動を不審に思った。

揺れだけではない。

森の木々からは鳥が飛び立ち、『火竜《ファフニール》』を始めとした竜族はけたたましく鳴き声をあげている。

まるで天変地異の前触れのようだった。


大同盟を撃退した『巨大な火竜《グラン・ファフニール》』は今さらながら自身の快適な睡眠を妨害した冒険者達に腹を立てていた。

そこで火山の火口付近でジャンプしては地面を踏みつけて、ひたすら火山を刺激する。

そうしていると、火口からマグマがせり上がってきて、やがて火山は噴火した。

溢《あふ》れ出たマグマは溶岩となって、山を下り、岩を溶かしたり、新しい堆積物を形成した。

ダンジョンの地形は変わり、溶岩は火山の周囲の森を越え、街にまで侵蝕《しんしょく》した。

『巨大な火竜《グラン・ファフニール》』は自分の起こした災害が人間界を脅かしたのを見届けると満足して、また深い眠りにつくのであった。

癒えない傷

　どうにか『白狼《はくろう》』の追撃を振り切って、街まで落ち延びたセインは、その足で『竜の熾《おき》火《び》』へと抗議しに行った。

　殴りこむようにギルド長室の部屋の扉を開け舌鋒《ぜっぽう》鋭く非難する。

「盗賊達《シーフ》に『銀砕石』の盾を渡すとは何事だ。そのせいで我々の『火槍《ジャベリン》』は無効化され、著しい不利益を被ってしまったではないか。この落とし前、どうつけるつもりだ？」

　しかし、メデスとラウルは相手にしなかった。

　自分達が誰にどのような装備を売ろうが、自分達の勝手だ。

　自分達は依頼された仕事を完璧にこなしたではないか。

　見当外れのクレームはやめていただきたい。

　両者の関係は決裂するかに見えたが、すんでの所でアルがセインを止めに入り、どうにか事なきを得た。

　セインは憤懣《ふんまん》やる方ないといった様子で『竜の熾火』を後にする。

（くっそぉ。あいつら下らねえ言い訳ばかりしやがって。見てろよ。このままじゃ終わらせねえからな）

魔導騎士達の落日

ギルバートは『竜の熾火』の食堂内で演説を打っていた。

昼食中の職員達は固唾を呑《の》んで彼の話に聞き入っている。

「そうして誠心誠意ギルドに尽くしてきた部下に対してロランの奴《やつ》はどうしたと思う？

なんと奴はそいつを追放処分。文字通り口封じしたというわけさ」

「まったく。聞けば聞くほど頭に来る。そのロランという奴は相当な悪人ですな」

「そうなんだよ。奴は間違いなく悪魔の子だぜ」

「間違いありませんな」

「皆さん、この話は是非とも『竜の熾火』の上から下、隅々まで伝わるよう取り計らっていただきたい。決して、ロランのギルドと取引しないようにな」

「無論、この話はなるべくギルド内に行き渡るよう積極的に周知しておきますよ」

「そうだ。我々は決してロランと取引しないぞ」

「ありがとう。諸君。ありがとう」

人々はギルバートに拍手した。

そうしてみんなで盛り上がっていると、突然扉が開いてリゼッタが食堂に入ってくる。

眦《まなじり》を厳しく吊《つ》り上げ、唇をきつく結び、憤懣やる方ないという面持ちだった。

彼女はエドガーとシャルルの前まで来ると、皿も引っくり返らんばかりの勢いで思い切りテーブルを叩《たた》いた。

「ちょっと、あなた達どういうことよ」

「あん？　リゼッタじゃねーか」

「どうしたんだよ。そんな風にいきり立って。可愛《かわい》い顔が台無しだぞ」

「どうしたもこうしたもないわよ。なんで『白狼』の連中に私の『火槍《ジャベリン》』を無効化する装備を持たせているのよ。これじゃ私の立場がないじゃないの」

「どうもこうもねーよ。俺達は『白狼』の連中に頼まれたから作っただけだぜ」

「錬金術ギルドが客の要求に答えるのは当然だろ。ギルド長の許可ももらってるよ」

「そんなことどうでもいいわ。私が言ってるのは、なぜ私の作品を潰したのかってことよ」

食堂はしんと静まりかえる。

誰もがリゼッタの剣幕に食事を口に運ぶのも止《や》めて見入っていた。

「これ以上私の足を引っ張ったりしたら、ただじゃおかないわよ」

「ったくゴチャゴチャうるせーな」

エドガーがメンドくさそうに椅子から立ち上がる。

「そんなに文句があるなら、俺達《たち》より強い武器を作ればいい。それだけだろ?」

「うちのギルドの理念を忘れたか? 競争が全てだ」

「私の『火槍《ジャベリン》』は対『火竜《ファフニール》』用の装備よ。『銀砕石』なんて持ち出されたら、敵《かな》わないに決まってるじゃないの」

「だったら、この仕事から降りればいいじゃねえか」

「君が『魔導院の守護者』の『火槍《ジャベリン》』製造から降りたがってるって、ギルド長に伝えておいてあげるよ」

「……もういいわ。あなた達に少しでも期待した私がバカだった。もうあなた達には何も頼みません。失礼しますわ」

リゼッタは不機嫌そうに身を翻すと、食堂から出て行く。

食堂にはホッとした雰囲気が流れた。

皆、食事を再開する。

ギルバートは一連の出来事を注意深く観察していた。

(なるほど。このギルドはこうやって稼いでいるのか。つまりは死の商人。外部ギルドに頼ると見せかけて、盗賊《シーフ》ギルドと争わせ、いつまでも決着が付かないようにする、と。しかもおそらくコイツらは自分達が何をやっているのか気づいていない)

ギルバートはニヤリと笑った。

（こいつは使えるぜ）

３日で装備の整備及び製造を済ませるよう『魔導院の守護者』と約束した『竜の熾火』だったが、『魔導院の守護者』は３日と待たず再びダンジョンに潜りこむ羽目になった。

報酬をもらいたい零細冒険者ギルドと『巨大な火竜《グラン・ファフニール》』への対処を求める街の有力者達が、『魔導院の守護者』の宿泊施設に詰めかけたためだ。

アルルは終始、不貞腐《ふてくさ》れたセインに代わって対応に追われた。

結局、『魔導院の守護者』は新たに資源を獲得するため、まともに整備すらされていない装備でダンジョンに潜ることになった。

結果は惨憺《さんたん》たるものだった。

『竜頭の籠手《ドラグーン》』と『火槍《ジャベリン》』のない状態では『火竜《ファフニール》』に歯が立たず、ダンジョン内を散々に逃げ回ったあげく、『白狼』に追い打ちをかけられ、またもや街に落ち延びることになる。

そうこうしているうちに、定期便に乗って新たな船が港に到着した。

船には三日月と剣を象《かたど》った旗章が掲げられている。

南の大陸屈指のギルド、『三日月の騎士』の紋章である。

『三日月の騎士』着港の報《しら》せを聞いた『竜の熾火』は、すぐにカルテットを招集して会議を開いた。

席上に『魔導院の守護者』を擁護する者は誰もおらず、皆『三日月の騎士』を優先すべきだと主張した。

メデスは『魔導院の守護者』との契約を打ち切ることに決めた。


港では『三日月の騎士』が島民達から歓呼の声をもって迎えられていた。

「『三日月の騎士』だ」

「2つの街でSクラスモンスターを倒した、ダブルSのユガンがいるぞ」

「待ってました。ユガン様。我々をお救いください」

入れ違いにボロボロの装備を身に纏《まと》いながら港から退散しようとする『魔導院の守護者』には野次が飛ばされていた。

「期待させやがって口だけ野郎」

「『巨大な火竜《グラン・ファフニール》』を怒らせただけじゃねーか」

「責任を取らずに逃げるのか？　それが騎士のやることか？」

「二度と来んなバカヤロー」

「ああ、来ねーよ。二度と来るかこんな島。浮気性の島民どもが！　三日月に呪われちまえバカヤロー」

「セイちゃん。レスバトルはその辺にして。そろそろ逃げないと、船に乗り遅れちゃうよ」

やがて艫綱《ともづな》が解かれ、魔導騎士達を乗せた船は岸から離れていく。

「くっそ。納得いかねぇ」

「また来年、挑戦しよ」

アルルはにこやかに言った。

街一番の宿泊施設に翻っていた『魔導院の守護者』の旗は撤去され、代わりに『三日月の騎士』の旗が風にはためく。

変わる意識

『三日月の騎士』が船から降りた後、一般客も降り始める。

その中には旅装に身を包んだモニカの姿もあった。

「ここが『火竜《ファフニール》の島』か……」

彼女はショートカットの金髪をサラサラと靡《なび》かせながら、パンフレット片手に慣れない土地でキョロキョロと辺りを見渡す。

『鷹の目《ホークアイ》』を使って、街を上空から見下ろし、『精霊《せいれい》の工廠《こうしょう》』の位置を確認する。

「この距離なら歩いて行けそうね」

(ロランさん、元気かな?)

彼女は愛《いと》しい人との再会に心弾《こころはず》ませながら、『精霊《せいれい》の工廠《こうしょう》』へと向かうのであった。


広場ではユガンが演台に立って演説させられていた。

港に降りた彼らは住民達に誘導され、半ば強引に広場まで連れてこさせられたのだ。

ユガンはまず被災者への見舞いの言葉を述べた。

次に『三日月の騎士』が『巨大な火竜《グラン・ファフニール》』の脅威から街を守護することを宣言する。

そして最後に、街の人々は日々の活動に専念するよう要請した。

街の人々はユガンの堂々とした演説にすっかり安心して、恐慌状態から平穏な日常へと戻った。

『三日月の騎士』はその足で『竜の熾火《おきび》』へと向かった。


ユガンが広場で演説している頃、ロランはダンジョンから帰ってきたレオン達『暁の盾』からの相談に乗っていた。

「鍛え直して欲しい？」

「ああ、今回の大同盟で自分達の実力不足を痛感したよ」

レオンは恥じ入るように顔を伏せながら言った。

「今回ばかりは完全に俺達の判断ミスだ。お前の忠告にもっと耳を傾けておくべきだった。一度、助言を突っぱねておきながらこんな風に頼るのも情けない話だが、恥を忍んでもう一度頼みたい。ロラン、俺達にもう一度成長するチャンスをくれないか？」

「僕としてはまったく問題ないけれど。でも……、いいのかい？『三日月の騎士』が島に上陸して、早くも地元ギルドのほとんどは彼らの下に集っていると聞いたけれど。君達のギルドも本当は『三日月の騎士』と行動を共にして欲しいんじゃないのかい？」

「もし、上が反対してきたら、必ず俺が説き伏せる。もう今後、俺がブレることはない」

「俺からも頼む」

そう言いながら工房《アトリエ》に入ってきた人物を見て、ロランは目を見張った。

「ジェフ!?　君、病院にいたんじゃ」

「もう怪我《けが》は大丈夫なの？」

セシルが心配そうに聞いた。

「ああ、いつまでも負傷で寝てる場合じゃないからな」

ジェフは決然とした顔で言った。

「ずっと、このままで問題ないと思っていた。『巨大な火竜《グラン・ファフニール》』のことは島の外のギルドに任せておけばいいと。でも、『天馬の矢』の戦い方を見て、ようやく分かったぜ。このままじゃいけない。俺達も強くならなきゃ、成長しなきゃいけない」

「ジェフ……」

「俺達は弱い。けれどももっと強くなれる。そうだろ、ロラン？」

「……ああ。もちろんだ」

(大同盟で打撃を受けたことが、意識を変えるきっかけになったか。なんにしてもこの酷《ひど》い状態から立ち上がれるのなら、彼らはもっと強くなれる)

ロランはジェフの言うことを聞きながらカルラのことを思い出した。

ジェフと同じように外のギルドに頼っていてはダメだと言っていた彼女、彼女はいまどうしているのだろうか？

「よし。それじゃ、打ち合わせしよう。アイナ、ロディ、君達も一緒に」

ロランは工房《アトリエ》の作業机の方に彼らを誘って、打ち合わせを始めた。

レオンが現在のダンジョン情勢についてまとめた。

「『巨大な火竜《グラン・ファフニール》』の暴走による地形変化と『火竜《ファフニール》』の大移動のせいでダンジョンの様相は様変わりした。昨日まで使えてた地図もモンスターの分布情報も全く役に立たない」

「どのギルドも横並び、一からのスタートというわけか」

「そればかりか普段は『メタル・ライン』に辿《たど》り着くまで、現れないはずのBクラスモンスター、『火竜《ファフニール》』や『巨大な鬼《オーガ》』が森林地帯に現れている。並みの冒険者ではダンジョンに入るだけで危険だ」

エリオが言った。

「『三日月の騎士』はすでにダンジョンの最奥までの探索を宣言している。地元ギルドのほとんどは『三日月の騎士』の探索に参画するべく集っているわ」

セシルが言った。

「確かにダンジョンの情報が不明瞭な以上、強い冒険者と組んでダンジョン探索するのが最も確実な方法か」

ジェフが言った。

「ロラン、この情勢を踏まえた上で俺達《たち》が生き残り、かつ成長するにはどうすればいい?」

ロランは『暁の盾』の1人1人を『鑑定』していく。

（装備に関しては、アイナの『外装強化《コーティング》』で彼らの戦闘力を底上げすることはできる。問題はステータスか……。ステータスを向上させなければ、これ以上装備をランクアップさせることはできない……。だが、みんなステータスの向上にかかる日数は10日。今の彼らの装備で10日間、ダンジョンに潜るのは難しい。せめて『アースクラフト』さえあれば……。くそ。後手に回ってしまったか。あの時、大同盟に加わらず『アースクラフト』を収集していれば……）

「どうだ、ロラン?　俺達が成長するにはどうすればいい?」

「『鑑定』したけれど、みんな向上のためには最低10日間、ダンジョンに籠る必要がある」

「10日間……。今のダンジョンに10日間か」

「現状の戦力で10日間ダンジョンに潜るのは厳しい。まず装備の耐久が持たないし、それを抜きにしてもBクラス以上のモンスターに遭遇してしまった時点でゲームオーバーだ」

「う……む」

「情勢の変化を待つしかないってこと?　何か手はないの?」

「とはいえ俺達の規模でこれ以上できることは……」

一同は黙り込んで、その場は重苦しい雰囲気に包まれる。

(僕がダンジョンに潜ればやりようはあるが、今、『精霊《せいれい》の工廠《こうしょう》』を離れるわけには……。くそっ、何か打つ手は……)

「あの～」

耳慣れない声が聞こえてきて、全員入り口の方を振り返った。

するとそこにはモニカが立っていた。

「モニカ？　何でここに？」

「えへへ。ちょっと休暇をいただいて。来ちゃいました」

モニカは少しほっぺを赤らめながら言った。

ロランは彼女を見てついつい嬉《うれ》しくなってしまった。

『冒険者の街』の人間に会うのは久しぶりだった。

「あー、ちょっといいかロラン？　そちらのお嬢さん、彼女は一体どちら様で？」

レオンが2人の会話に割って入ってきた。

「あ、すまない、レオン。紹介するよ。彼女はモニカ・ヴェルマーレ。『魔法樹の守人』のAクラス冒険者だ」

「モニカ？　モニカっていうとまさか……」

「ジェフ、知ってるの？」

「聞いたことがある。『鷹の目《ホークアイ》・弓使い《アーチャー》』のモニカ。『冒険者の街』で3つのダンジョンを攻略した、モンスター撃破数の記録保持者」

「えっ？　そうなの？」

「そんな有名冒険者と知り合いだなんて。ロラン、君は一体……？」

「えっと、まあ、僕のことは置いといて。済まないモニカ。ちょっと今、打ち合わせ中なんだ。再会を祝して、いろいろ話したいところではあるんだけれど……」

「ロランさん。実は先ほどからお話を聞かせていただいていました。そこで提案したいのですが、私が『暁の盾』の皆さんとダンジョンに潜るというのはどうでしょう？」

「えっ？　モニカ、君が？」

「はい。私の『鷹の目《ホークアイ》』なら初めて入ったダンジョンでも周囲を見渡してモンスターとの遭遇率《エンカウント》を調整することができますし、それに『アースクラフト』だって見つけやすくなると思うんですよ」

「それはそうだけど……いいのかい？　君は今、休暇中なのに」

「はい。ちょうど『火竜の島《ファフニール》』のダンジョンについて勉強したいと思っていましたし。それに『魔法樹の守人』も『精霊《せいれい》の工廠《こうしょう》』の提携ギルドなので、困っているのを放っておくわけにはいきません」

「いや、でも……」

「ちょっと待ってくれロラン。『鷹の目《ホークアイ》・弓使い《アーチャー》』が俺達を支援してくれるのか？」

レオンが食いついた。

「もし、そうだとしたら『暁の盾』としては、是非とも支援を頼みたいよ」

「ロラン、俺からも頼む。どうにかモニカさんに協力してもらえないだろうか？」

「その、モニカ、本当にいいのかい？　今は僕も持ち合わせに余裕がないから『魔法樹の守人』でもらってるような高額給与も支払えないよ？」

「はい。報酬に関してはいただけなくて結構です。ただ……、そうですね。ロランさんに個人的なお願いがあるので、聞いてくださると嬉しいのですが……」

全員、今度はロランの方を見た。

「う……」

ロランは言葉に詰まる。

全員、縋《すが》るような目でロランの方を見る。

「分かったよ。モニカ、僕にできる範囲で君の願いを叶《かな》える。だから『暁の盾』の強化をサポートしてやってくれ」

「はい！　モニカ・ヴェルマーレ、これから『暁の盾』の支援任務に参加させていただきます」

「やったぁー」

「これで、ダンジョンに入れるな」

「いや、ホント助かったよ」

「まさしく渡りに船だな」

（うーむ。モニカに借りを作っちゃったな。なんだかなぁ）

策動

ロランは早速『暁の盾』にアドバイスをしていた。

「いいかい？　今回の任務はとにかく『アースクラフト』を収集すること。それ以外のことは全て無視だ。モニカ」

「はい」

「これを」

ロランは『火山のダンジョン』内に出現するモンスターのリストを彼女に渡した。

「これが『火山のダンジョン』に出現するモンスター達だ。『鷹の目《ホークアイ》』を使えば大抵のモンスターとの戦闘は避けられるはずだが、もしどうしても戦わざるを得なくなった場合、Bクラス以上のモンスターには君が当たること。それ以外はレオン達に任せていい」

「分かりました」

「ちょっと！　さっきから『暁の盾』ばかり指導して。私達には何もないの？」

『天馬の矢』のアリスが両手を腰に当てて、プンプン怒りながら言った。

「私達も『精霊《せいれい》の工廠《こうしょう》』とパートナーシップを結んでるんだから、ちゃんと指導してくれないと困るんですけど？」

ロランは苦笑した。

以前から比べればずいぶん頼られるようになったものだ。

「ごめんごめん。君達のこと、忘れてたわけじゃないよ」

「ロラン、僕達には何かあるかい？」

ハンスが聞いた。

「『天馬の矢』は以前と同じかな。ヒット&アウェイを繰り返し、俊敏《アジリティ》を伸ばすこと。そうして更に今の戦い方に磨きをかけること。君達の俊敏《アジリティ》なら、『火竜《ファフニール》』に遭遇しても3日間、逃げ切れるはず。今のダンジョンでも自身を鍛えながら生き残ることは十分可能だ。そうしてできるかぎり『アースクラフト』を集めてくれ」

「オーケー。また、火山の中を走り回るということだね」

「よし。俊敏《アジリティ》を伸ばしまくって、私のスキル『速射』に磨きをかけるわよ」

アリスが気合いを入れるように言った。

「白兵戦を避けることも大事よ。私の『遠視』でサポートするわ」

クレアが言った。

「とりあえずこんなところかな。何か質問はあるかい？　ないね？　よし、それじゃみんな行っておいで。健闘を祈っているよ」

こうして、『暁の盾』と『天馬の矢』は、『精霊《せいれい》の工廠《こうしょう》』を離れ、『火山のダンジョン』

に向かった。

『竜の熾火《おきび》』では会議が開かれていた。

「さて、では会議を始めるぞ」

メデスはカルテットが全員臨席しているのを見て、口火を切った。

「諸君もすでに知っている通り、我が『竜の熾火』は『三日月の騎士』から正式に武器の製造および整備の依頼を受けた。今回、『三日月の騎士』は3回のダンジョン探索を予定しているそうだ。『三日月の騎士』はSクラス装備、魔剣『グラニール』の整備と『火槍《ジャベリン》』の製造を依頼してきた。例のごとく魔剣『グラニール』はフウルに整備してもらうとして、『火槍《ジャベリン》』の製造を誰が担当するかだが……、今回はエドガー、お前に担当してもらおうと思う」

「っしゃ、了解しました。任せてください」

エドガーが威勢良く受諾した。

「待って下さい！」

リゼッタが立ち上がって異議を申し立てた。

「『火槍《ジャベリン》』の製造には『銀細工』の技術が必要です。ここはエドガーよりも私が……」

「リゼッタ。お前の言いたいことも分かるがな。お前の『火槍《ジャベリン》』では不安を感じるという声がギルド内で上がっているのだ。事実、前回『魔導院の守護者』のダンジョン探索において、『火槍《ジャベリン》』は役に立たなかった。この情報が『三日月の騎士』に入れば少々マズイことになる」

「でも、それは……」

「リゼッタ。お前にも言いたいことはあるやもしれんが、結果は結果だ。今回はエドガーに譲ってやってくれ」

「くっ」

「さて、『三日月の騎士』の件はこれでいいな。では次にギルバート殿から依頼が来ている。例の詐欺師の……ええと何と言ったかな？　そうロランだ。ロランのギルド『精霊《せいれい》の工廠《こうしょう》』について対策して欲しいとのことだ」

（ロラン？）

俯《うつむ》いていたリゼッタはにわかに聞き耳を立てた。

「あの男、我々への当てつけに錬金術ギルドなど立ち上げて、どうせ何もできんと思っていたが、小癪《こしゃく》なことに意外にも上手《うま》く回しているようだ。『精霊《せいれい》の工廠《こうしょう》』と契約を結んでいる冒険者ギルドがすでに2組もあるらしい」

「ほう。そいつは大したもんだ」

「口の上手さと虚仮威《こけおど》しだけで錬金術ギルドを経営するとは」

「そこまで来ると一種の才能ですねぇ」

「まあ、依然として我々からすれば大した脅威でもないのだが、『霰《あられ》の騎士』のギルバート殿がどうしても気になって仕方がないとおっしゃっていてな」

「アイツか」

ラウルはちょっとゲンナリしたような顔になった。

彼はギルバートのことが少し苦手だった。

「ギルバート殿は我々に『精霊《せいれい》の工廠《こうしょう》』を潰して欲しいとのことだ」

「潰す？」

「そう。『精霊《せいれい》の工廠《こうしょう》』と契約している冒険者ギルドを叩《たた》くことで奴《やつ》らの製造した製品の信用を落とし、間接的に『精霊《せいれい》の工廠《こうしょう》』に打撃を与えて欲しいということだ」

「なるほど」

「確かにそうすれば『精霊《せいれい》の工廠《こうしょう》』の死期を早めることはできそうですね」

「そこでこの任務をカルテットの誰かに担当してもらいたい。どうだ？　誰か我こそはと思う者はおらんか？」

（『精霊《せいれい》の工廠《こうしょう》』になら、確実に勝てる！）

リゼッタはそう考えた。

（『魔導院の守護者』のせいで私の評価が落ち始めている。ここは何としても巻き返さな

いと)

「その任務、私《わたくし》に担当させて下さい！」

リゼッタは手を挙げた。

「待ってください。ギルド長。ここは俺に任せて下さいよ」

エドガーも手を挙げる。

「エドガー。お前は『火槍《ジャベリン》』の製造があるではないか？　2つも案件を抱えて大丈夫か？」

「大丈夫っすよ。たかが、ロランに打撃を与えるくらい片手間で十分です」

「ギルド長。エドガーは『火槍《ジャベリン》』を担当するんですからもう十分でしょ？　ここは私にやらせてください」

リゼッタも負けじと応じた。

「この任務は冒険者ギルドと連携を取ることになる。リゼッタではまだ経験不足ですよ」

「ギルド長！」

「よし。ここはエドガーに任せよう」

「よっしゃ」

「そんな……」

リゼッタは青ざめた。

エドガーはほくそ笑んだ。

（よし。またリゼッタの仕事を奪えたぜ。このまま、リゼッタの仕事を奪い続ければ、自然とコイツの評価は低くなる。この女をギルドから追い出せる日もそう遠くはないな）

ギルド長から2つの特殊案件を託されたエドガーは、早速仕事に取り掛かった。

しかし、すぐに自分のキャパシティをはるかに超えた仕事量であることに気づく。

（『火槍《ジャベリン》』と『精霊《せいれい》の工廠《こうしょう》』対策を同時にやるとなると流石《さすが》に時間が足りねーな。自分の担当している顧客の仕事もあるし。どうするか……）

考えた末、エドガーはリゼッタを利用することにした。

「リゼッタ、お前『精霊《せいれい》の工廠《こうしょう》』対策やりたがってただろ。手伝わせてやってもいいぜ？」

リゼッタは冷ややかな目でエドガーを見た。

「もちろん協力してくれるよな？」

「イヤです！　そんなのイヤに決まっているでしょう？　どうして私があなたの仕事を手伝わなければならないんですか」

「そんなこと言わずに頼むよ。リゼッタちゃーん。お前最近、ギルド長からの心証悪いだろ？　名誉《めいよ》挽回《ばんかい》のチャンスだと思ってさ」

「そんなこと言って。私に協力を求めるだけ求めて、手柄は自分のものにする。どうせそんなところでしょ。あなたの魂胆は」

「……」

「自分の手に負えないなら、まず今回の仕事を辞退して、それから私を正式な担当者として指名する。それが筋というものでしょう？　違いますか？」

「そんなことしたら、俺の心証が悪くなっちゃうじゃんか。頼むよ。リゼッタ。困ってるんだって」

「知りませんよそんなこと。私は今、自分の名誉を回復することで精一杯なんです。あなたの手柄のために働いている余裕なんてありません。それじゃ」

リゼッタはそれだけ言うとその場を立ち去った。

「チッ。非協力的なやつだな」

仕方なくエドガーはシャルルに相談することにした。

「もちろん。協力させてもらうよ」

「本当か？」

「持ちつ持たれつってやつだよ。君と僕の仲だしね」

「助かったぜ。リゼッタの奴、非協力的でよー」

「はは。彼女は自分の力でのし上がることに拘《こだわ》りがあるからねー」

「ったく付き合い悪いぜ。なんにしても持つべきものは親友だな。頼むぜ」

「任せてくれ。僕の『製品設計』と『鉱石精錬』はAクラス。まあ、ロランのギルドの奴には負けないでしょ。ただ、僕にも自分の仕事がある。『金属成形』については別の職員に任せる必要があるよ」

「それについてはこっちで手配しておくぜ」

エドガーは自分の部下の下級職員を3名呼び出した。

1人は我が強く勝気な青年ウェイン。

もう1人は内気で繊細な青年パト。

最後は気が弱そうだが、優しい娘リーナ。

「この3人は全員『金属成形』Bだ」

「なるほど。まあ、『精霊《せいれい》の工廠《こうしょう》』対策としては十分じゃない？　あとは冒険者ギルドの手配か」

「これがギルバートから渡された『暁の盾』と『天馬の矢』のステータス情報だ」

「敵情視察までしてるのか。ずいぶん用意のいい人だねー。ふむ。全員Cクラス冒険者といったところか。いかにも零細ギルドって感じだね。ん？　このモニカって子、何か注釈が付けられてる。『鷹の目《ホークアイ》』を持つAクラス弓使い《アーチャー》なので留意せよ。『鷹の目《ホークアイ》』？　なんじゃそりゃ？」

「何かの間違いだろ。弓使い《アーチャー》としては俊敏《アジリティ》が低すぎる。こいつもCクラスだな」

「まあ、じゃあこの注釈は気にしなくていいね。これなら『竜騎士の庵《いおり》』をぶつければいいんじゃないの？　あそこにはBクラス戦士《ウォーリアー》のブレダがいるし」

「よし。決まりだな。これで全ての段取りは整った。それじゃあ対『精霊《せいれい》の工廠《こうしょう》』装備の製造はウェイン、パト、リーナお前ら3人に任せるぜ」

「「「はい」」」

（こいつらに仕事をやらせて、手柄は俺がもらう。簡単なお仕事だぜ）

こうして彼らによって『精霊《せいれい》の工廠《こうしょう》』対策の装備製造が急ピッチで進められ、翌日には『竜騎士の庵』の冒険者に渡された。

彼らはダンジョンに入ると、『暁の盾』と『天馬の矢』の後を追い、背後から急襲した。

エドガーの讒言《ざんげん》

意気揚々とダンジョンに潜り込んだ『竜騎士の庵』だったが、その期待に反して彼らは這々《ほうほう》の体で帰ってきた。

モニカの『弓射撃』とアイナの青鎧《あおよろい》の前になす術《すべ》もなく敗退したのだ。

鎧もボロボロになり見るも無惨な姿で帰ってきた彼らを見て、エドガーとシャルルは首をひねった。

「おかしいな。Cクラス冒険者が僕らのBクラス装備に敵《かな》うはずないんだけれど」

「なんかヘマでも犯したのか？　チッ。使えねーな、あいつら」

「ねえ、マズくない？　もしこれがギルド長にバレでもしたら……」

「そうだな。取り敢《あ》えずは秘匿しよう。時間を稼ぐぞ」

「エドガーさん」

エドガーが失態を揉《も》み消す方法について考えながら廊下を歩いていると後ろから声をかけられた。

振り向くと、『竜騎士の庵』の装備を担当した職員の1人、ウェインが駆け寄って来た。

「俺の作った鎧、どうでしたか？　いい出来だったでしょ？」

ウェインが鼻高々に言った。

彼はまだ『竜騎士の庵』がボコボコにされたことを知らないようだった。

エドガーはしばらくウェインの顔を眺めた後、名案が思いつく。

（こいつを利用するか）

「ああ、お前の作ったあの鎧よかったぜ。あの鎧はほとんどお前1人の仕業《しわざ》……、じゃなくてお前1人の手柄のようなもんだ」

「いえいえ、そんな。大袈裟《おおげさ》ですよ」

「そこでどうだ？　お前さえよければ、今回の仕事、ギルド長にはお前の手柄として報告し、上級職員に推薦してやってもいいんだが？」

「えっ？　いいんですか？」

「ああ、もちろんだ」

「いやー、なんか悪いですね。そこまでしてもらうなんて」

「気にするな。上司として当然のことだ」

「ありがとうございます。今後も俺はエドガーさんについて行きますよ」

「ああ、これからもいい仕事頼むぜ」

（単純な奴。悪いがお前には生贄《いけにえ》になってもらうぜ）

エドガーは壊れた鎧に少し手を加えて、その足でメデスの下に行った。

「ギルド長、よろしいでしょうか？」

「おう、エドガーか。例の『精霊《せいれい》の工廠《こうしょう》』対策どうなってる？　上手《うま》くいっているんだろうな？」

「それが少々妙なことになっていまして」

「妙なこと？」

「はい。実は『精霊《せいれい》の工廠《こうしょう》』対策を担当してもらった『竜騎士の庵』から装備についてクレームが来ていまして。この鎧を見てください」

「なんだこれは？　ボロボロじゃないか。これはお前が作ったのか？」

「いえ、作ったのはウェインです」

「ウェインが？」

「ええ。『精霊《せいれい》の工廠《こうしょう》』対策について話すと、その仕事自分にやらせてくれ、と妙に熱心にせがんでくるので、まあ普段から彼は頑張っていますし、スキル的にもそろそろこのような仕事を任せてもよいかなと思い、思い切って任せてみたのですが……」

「なるほど。それでこうなったのか？」

「ここを見て下さい。妙に装甲が薄いの分かります？」

「ふむ。確かに。防具としてはありえない装甲の薄さだ。ウェインは一体なぜこんなことを？」

「うーん。実はウェインについてちょいとよからぬ噂《うわさ》を小耳に挟んでいまして」

「よからぬ噂？」

「ええ。なんでもロランの奴《やつ》と会って何か話していたとか」

「なに？　ロランの奴と？」

「そうなんすよ。まあ、アイツが誰と会おうと勝手なんで何も言わなかったんですけれど、もしかしたら今回の件と関係があるのかも」

「ウェインの奴を呼べ」


エドガーはすぐにウェインをギルド長室まで連れて来た。

「ギルド長、失礼します」

エドガーとウェインはドアを叩《たた》いて、ギルド長室に入った。

「おお。2人ともよく来てくれた。すまんな。仕事中に呼び出して」

「いえいえ、とんでもない」

「ウェイン。エドガーから聞いているぞ。今回の『精霊《せいれい》の工廠《こうしょう》』対策で随分と頑張っとるようじゃないか」

「いえいえ。そんな。エドガーさんの働きぶりに比べればまだまだですよ」

「それにしてもその若さでこれだけの仕事をこなせるとは大したものだ。『竜騎士の庵』のBクラス冒険者ブレダも鎧の出来にはいたく満足した、と言っていたぞ。実際、ワシも目を通してみたが、なかなか良くできた鎧だった。あの鎧はお前が作ったと聞いているが、本当か？」

「はい。確かに俺が全責任を持って製造を担当いたしました！」

「ほう。そうか。やはりあの鎧はお前が……」

「ええ。なかなかの逸品だったでしょう？」

「バカタレ！　これを見ろ！」

ギルド長が側《そば》の布をまくると壊れた鎧が現れた。

さらに壊れた鎧をウェインの足下に向かって叩きつける。

「えっ？　な、なんですかこれは？　一体どうしてこんなことに……」

「聞きたいのはこっちの方だ。一体どういうつもりだ？　こんな風に装甲の薄い鎧を作るとは。ギルドの顔に泥を塗るような真似《まね》をしおって！」

「なっ、そんなバカな。俺はこんな風に鎧を薄くしてなんか……。何かの間違いだ！」

（分かりやすくしらばっくれおって）

メデスはその猜疑心《さいぎしん》の強そうな小さな目をさらにすぼめて、ウェインを睨《ね》め付ける。

（やはりこいつはロランに買収されておるのか？　なんにしてもこのような奴にギルド内をウロチョロされてはたまったもんじゃない）

「なるほど。お前は自分が鎧の製造を担当したと言っておきながら、この壊れた部分については何にも知らないと言うのだな？　よし。お前の言いたいことはよく分かった。もう下がってもいいぞ」

ウェインは呆然《ぼうぜん》としながらギルド長室を後にした。

「おい、ウェイン。大丈夫か？」

「あ、エドガーさん。俺……、俺は鎧をあんな風には……」

「ああ、分かってる。お前はあんなことする奴じゃない。何か行き違いがあったに違いない」

「でも、ギルド長は……」

「ああ、完全にお前を疑ってるな。でも大丈夫。必ず俺が誤解を解いてやるから」

「本当ですか？」

「ああ、だからとりあえず持ち場に戻っとけ。まだ仕事残ってるだろ？」

「はい。あの、どうかよろしくお願いします！」

「ああ、任せとけ」

しかし、そんなエドガーの言葉とは裏腹にウェインには解雇通告が出された。

ウェインはその日のうちに工房《アトリエ》から追い出される。

去りゆくウェインに対してエドガーからは一言もなかった。

「ちくしょう。エドガー。あの野郎、さては俺を嵌《は》めやがったな？　おかしいと思ったぜ。あの手柄の亡者のような野郎が気前よくこちらに重要な仕事を振り分けた上、花を持たせるなんて。上手くいきそうな時はおだてて、手柄を横取り。失敗した途端、責任だけこっちに押し付けて自分は知らんぷりってわけか」

ウェインは憎悪を込めて、『竜の熾火《おきび》』の工房《アトリエ》を睨《にら》んだ。

「このままでは終わらせねえぞ。必ず復讐《ふくしゅう》してやる」

厄介な新人

『アースクラフト』の調達を首尾良く終えて帰ってきたレオン達《たち》は『精霊《せいれい》の工廠《こうしょう》』へと戻った。

レオン達から『竜の熾火』に攻撃されたことを聞いたロランは、再度の攻撃に備えて工房《アトリエ》内の人員を拡充させることにした。

（『竜の熾火』が攻撃してきた。今のところはアイナの『外装強化《コーティング》』とモニカの『鷹の目《ホークアイ》』で凌《しの》ぐことができているが、敵が魔導師を繰り出してくるとそれも危なくなる。こちらも急いで、魔導師用の装備を作れる錬金術師を探さなければ……）

ロランは応募してきた青年のスキルを『鑑定』する。

【ウェイン・メルツァのユニークスキル】
『魔石切削《カッティング》』：E→A

（見つけた。ユニークスキル『魔石切削《カッティング》』の持ち主！　魔導師用の装備が作れる。しかも……）

【ウェイン・メルツァのスキル】

『金属成形』：B↓A

（『金属成形』もすでにBクラス。将来的にはAクラスの資質。これならアイナの仕事も手伝える）

「ウェイン・メルツァです。ここに来る前は『竜の熾火』で働いてました」

「ほう。『竜の熾火』で。それは凄《すご》いですね。どうして辞めたんですか？」

ロランがそう聞くとウェインはピクッと不機嫌そうに眉を動かした。

「ちょっと……色々あってな」

ウェインは苦々しい顔をしながらそう言った。

「？　まあ、いいでしょう。では、採用とさせていただきます。早速ですが、明日から来ていただけますか？」

「ああ。それでいいぜ」

翌日、ロランはウェインをアイナとロディに紹介する。

「紹介するよ。彼はウェイン・メルツァ。新しく『精霊《せいれい》の工廠《こうしょう》』に加入することになった」

「私はアイナ。よろしくね」

アイナはにこやかに手を差し伸べる。

ウェインはそれには応じず、工房《アトリエ》を見回す。

（あ、あれ？　聞こえなかったかな？）

アイナは困惑気味に手を戻した。

「俺の作業台、あそこっすか？」

「いや、あそこはアイナの作業台だ。君のはこっち」

「なんだ。粗末な方かよ」

ウェインはロディの方に向き直った。

「あ、僕はロディ。よろしくね」

「ああ、ども」

「『製品設計』を担当してるんだ。何か分からないことあったら、なんでも聞いてね」

「へっ、いいっすよ。俺、自分で『製品設計』もできますから」

「えっ？　そうなの？」

「ええ。俺、『竜の熾火』から来たんで」

「へぇ。『竜の熾火』から来たんだ」

アイナが食いついた。

「凄いね。『竜の熾火』といえば島の最大手じゃないか」

ロディが言った。

「むしろ、俺の方が皆さんに教えることの方が多いんじゃないかなぁ」

「さ、みんな、おしゃべりはそのくらいにして。ウェインも加わったことだし、今日のことについて打ち合わせしよう」

ロランが言った。

「今日は『外装強化《コーティング》』した鎧《よろい》Cを20個ほど作る予定だ。アイナ、君に責任者として指揮を執ってもらう」

「はい」

ウェインはそれを聞いて眉を顰《ひそ》める。

(なんだこの工房《アトリエ》？　女が責任者なのかよ)

「それじゃあ、ウェイン。早速、彼女から説明を……」

「冗談じゃない。俺は女の指揮になんて従わないっすよ」

「なんですって？」

「要は鎧Cを10個作ればいいんでしょ。俺は俺で勝手にやらせてもらうんで。じゃ、そういうことで」

「今の言葉は聞き捨てならないな、ウェイン」

ロランが言った。

「はい？」

「取り消せよ。今の言葉」

ロランがそう言うと、ウェインはその表情に敵意を滲《にじ》ませる。

ロランも負けじと厳しい顔つきになる。

工房《アトリエ》内は水を打ったように静かになった。

「聞こえなかったのか？　今の言葉を取り消すんだ」

「へっ、意味が分かりませんね。俺の発言のどこに問題が？」

「そうか。なら、もう君はこの工房《アトリエ》には来なくてもいいよ」

「なに!?」

「アイナはウチのエースなんだ。性別がどうたらとか、そんな訳の分からない理由で命令を無視する奴《やつ》に、彼女の調子を崩されては困るんだよ」

「……」

ロランは出口を指差した。

「彼女に敬意を払えないと言うのなら、契約解消だ。即刻このギルドから出て行け」

ウェインとロランはしばらくの間、にらみ合った。

「チッ。分かったよ。聞けばいいんだろ聞けば」

ウェインはしぶしぶアイナの机に向き合う。

アイナは打ち合わせしつつも、内心では納得のいかない気持ちを抱えていた。

(何よコイツ。失礼な奴ね。いいわ。そっちがその気なら、こっちだってアンタなんかと仲良くするのなんてお断りよ)

「よし。それじゃ、早速作っていこうか。アイナとウェインは『金属成形』で鎧Cを10個ずつ作る。アイナはその後、『外装強化《コーティング》』。ロディは2人のサポート。2人とも設計図は持っているね」

ロランがアイナとウェインの方を見ると、2人の机には設計図が置かれている。

「よし。それじゃ始めて」

(鎧Cか。チッ、ショボい仕事だな)

ウェインはものぐさそうにハンマーを振り上げて、鉄の塊に叩《たた》きつける。

鉄の塊は熱を帯びながら潰れていく。

(要はあの女よりいい武器を作ればいいんだろ？　そうすりゃロランも俺を認めざるを得まい)

ウェインの作業台で鉄は1つに固まりつつあった。

(よーし。いい感じだ。これなら設計図の要件はクリアできるはず。あの女の方はどうなって……、えっ!?）

アイナは凄《すさ》まじい速さでハンマーを打ち込んで、すでに鎧はその外形を整えつつあった。

（は、速い!?　しかも、質も結構いいような……）

【アイナのステータス】
腕力《パワー》：50（↑10）－60（↑10）
俊敏《アジリティ》：70（↑10）－80（↑10）

（耐久力《タフネス》が安定したことによって、腕力《パワー》と俊敏《アジリティ》が上がっている。最近、緩んでいたけど、ウェインの加入により緊張感を取り戻したことで目覚めたな）

「ロランさん、鎧Ｃ１個目できました！」

アイナが言った。

（なっ、もうできたってのかよ？）

ウェインは驚いてアイナの方をふり仰ぐ。

彼女の机には成形をし終えた鎧が安置されていた。

アイナもウェインの作業台の上を見る。

そこにはまだ作りかけの鎧が置いてあるのみだった。

(ふっ、『竜の熾火《おきび》』に勤めてた錬金術師といってもこんなもんか)

(くっ、ヤベェ。このままじゃ俺の評価が……。急がなきゃ)

ウェインはペースを上げようとする。

しかし、急げば急ぐほど空回るばかりだった。

ハンマーを振る速度を上げようとすればするほど力む一方で正確に打ち込めなくなる。

アイナとの差はドンドン開いていき、消耗は激しくなっていった。

やがてアイナは鎧Cを10個完成させる。

「ロランさん、できました！」

「おっ。もうできたのか。……うん。どれも問題ない。完璧だ」

「はい。ありがとうございます」

ウェインはその様を見て歯嚙《はが》みする。

(くそっ)

突然、ウェインはハンマーを乱雑に放り出して、作業台を離れていった。

「おい、ウェイン？　どこに行くんだ」

ロディが呼びかける。

「休憩だよ。調子でねーからな」

ウェインはそのまま作業場を出て行った。

「ったく。休憩するにしても片付けていけよなぁ」

ロディは文句を言いながら、ウェインの作りかけの鎧を片付けた。

ロランもロディの作業を手伝った。

（ウェイン。彼は少し厄介だな。育てるのに手がかかりそうだ）

ちょうどいい競争相手

『精霊《せいれい》の工廠《こうしょう》』では今日も今日とてアイナとウェインが競争していた。

その日は剣を10本作るのがノルマだった。

ウェインはどうにか彼女より先にノルマを達成しようとしたが、展開は昨日と同じだった。

アイナのスピードに付いて行こうとするものの、速く作業を済ませようとすればするほどから回ってしまう。

そうこうしているうちにアイナは剣C10本を作り終える。

「はい、終わり。ロディ、これ片付けといて」

「あ、うん」

「休憩室行ってくるわ」

アイナはハンマーをロディに預けて作業場を後にする。

「くそっ」

ウェインは作りかけの剣を作業台に叩きつけた。

剣は作業台の上で無残に折れて粉々になる。

　ウェインは仕切り直しとばかりにその場から離れて行く。

「何をするんだ、ウェイン。危ないじゃないか。おい、どこへ行く」

「付いてくんじゃねぇ」

　ウェインは作業場から出てぎりっと歯を食いしばる。

（なぜだ？　なぜ、俺はあの女ごときに勝てない？　俺があいつにスキルやステータスで劣っているっていうのか？　いや、そんなはずはない。今日は調子が悪いだけだ。明日こそは必ず……）

　ロランはロディと一緒に散らかった作業台の上を片付けた。

（ウェインの奴、完全に空回ってるな。このままじゃ、工房《アトリエ》全体に悪影響を及ぼすことになる。何か手を打たないと）

「ロラン。ちょっといいか？」

　ロランは自分を呼ぶ声に振り向いた。

　見ると、入り口にディランが立っている。

　その表情はあまり芳しいものではなかった。

「商店が装備を買い取ってくれない？　一体どうして……」

「どうも彼らは整備のことを気にしているようだ」

「整備？」

「この島の武器屋は装備代だけじゃなく、整備料も収入にすることでやりくりしている。大抵の武器屋は錬金術師も従業員として抱えていて、消耗した武具の整備も請け負っているんだ。だが、この『外装強化《コーティング》』された青い鎧《よろい》は……」

「アイナにしか整備できない……か」

「そういうことだ。装備を小売に流通させるにはユニークスキルではなく、普通のスキルしか持たない錬金術師でも整備できるものにしなければならない」

「なるほど」

（製品の差別化さえすれば、容易に売れると思っていたが、ユニークスキルで製品を作ったことがかえって仇《あだ》になったか）

「分かった。それについてはこちらでなんとかしてみるよ」


「アイナ、ロディィ。ちょっといいかい？」

ロランは午後の作業に取り掛かろうとする2人に声をかけた。

「はい。なんでしょう？」

「小売への販路拡大の件で少し問題が起こったんだ。ディランによると……」

ロランはディランから聞いたことをそのまま話した。

「なるほど。整備料ですか」

「それは盲点でしたね」

「このままでは小売への販路拡大が頓挫することになる。そこで新しく装備を開発しようと思う。『外装強化《コーティング》』を施しつつ、普通の錬金術師でも整備できる、そんな装備を。そこでアイナ、ロディ。君達《たち》は一旦通常業務から離れて、この新装備の開発に専念して欲しい」

「通常業務から離れて……。でも、それじゃあ通常業務はどうするんですか？」

「ウェインに任せる」

「……大丈夫ですか？　アイツに任せて」

アイナはあからさまに不信感を滲《にじ》ませる。

「ウェインについては僕の方でどうにかする。とにかく君達は新装備の開発に専念して欲しいんだ」

「まあ、ロランさんがそう言うなら……」

アイナは一応了承した。

そうしてロディと一緒に新装備の開発に取り掛かる。

通常スキルで整備できる装備。

そう聞いたアイナは、これまでの青い『外装強化《コーティング》』では限界を感じ、新たな効果を持つ『外装強化《コーティング》』を開発することにした。

その結果、『弾力《フレキシビリティ》』というゴムのような効果を持つ緑色の『外装強化《コーティング》』を開発することに成功する。

一方で、ロディは鉄と鉄の間に『外装強化《コーティング》』を挟む鎧を設計した。

2人の話を聞いて、十分実現可能だと感じたロランは新装備の製造にゴーサインを出す。

(アイナもロディも自分のスキルへの理解が深まってきたな。いい傾向だ。製造力だけでなく、開発スピードも上がってきた。あとはウェインの方か)

ロランはウェインの相方を探すべく、再び人材の募集を行った。

(ウェインが調子を崩しているのは、アイナの俊敏《アジリティ》を意識して、無理に作業を速くしようとするためだ。高過ぎる競争心がアダになってる。彼の競争意識をいい方向に作用させるためには、レベルが同じくらいの、ちょうどいい競争相手が必要だ)

すぐにうってつけの人物が現れた。


【アイズ・ガルナーのスキルとステータス】
・スキル

『金属成形』：C↓B

・ステータス
腕力《パワー》：40－60
耐久力《タフネス》：40－60

（見つけた。調子を崩したウェインと同じくらいの腕力《パワー》・耐久力《タフネス》の錬金術師。しかも……）

【アイズ・ガルナーのステータス】
俊敏《アジリティ》：70－90

（俊敏《アジリティ》が非常に高い。これならたとえユニークスキルがなくとも、サポートスタッフとして潰しがきくだろう）

「アイズ・ガルナーと申します。先日の『巨大な火竜《グラン・ファフニール》』の山崩れの騒ぎで、所属していたギルドの工房《アトリエ》が被災し、失職しました。俊敏《アジリティ》は高いので、手の早さ、足の速さには自信があります。以前所属していた工房《アトリエ》では、そこを買われてサポートスタッフを務めていました」

「なるほど。分かりました。では、ウチでもサポートスタッフとして働いてもらうことにしましょう。ただ、もしよろしければなんですが初めだけメインスタッフをしていただけませんか?」

「いいっすけど。俺、腕力《パワー》そこまで高くないっすよ?　『金属成形』なんてできるかな」

「大丈夫ですよ。うちでもしっかりサポートしますので。無茶はさせません」

「分かりました。いいですよ」

こうして、次の日からアイズが『精霊《せいれい》の工廠《こうしょう》』に入ることになった。

ウェインが扉を開いて作業場に入ると、昨日とは少し様子が違うことに気づいた。

(あん?　なんだ?　作業台が1つ増えてんな。しかも俺の作業台のすぐ隣に……)

「おはよう。ウェイン」

「ロラン、なんか作業台が増えてるんだけど」

「ああ、新人用の作業台だ。おっ、来たようだ。紹介するよ。彼はアイズ」

「どもっす。アイズ・ガルナーと申します」

「おう」

「アイズ。ここが君の作業台だ。作るのは鎧C。これが設計図だ」

「Cクラスっすか。それなら、まあ、なんとか作れるかな」

「さ、それじゃあ早速始めてみてくれ」

ロランはウェインとアイナの間についたて《パーティション》を設けて、2人が互いを意識できないようにする。

作業が開始された途端、アイズは凄《すさ》まじい速さで鉄を叩《たた》き始めた。

（なっ、コイツ速い？　それもアイナより……。ヤベェ。ただでさえ、アイナのヤツに負け越してるってのに。コイツにまで負けるわけには……）

しかし、アイズの成形した鎧はすぐに崩れ始めた。

結局、アイズの製作した鎧はEクラスだった。

「あれ？　なんでだろ。上手《うま》くいかない」

ウェインはガクッと脱力する。

（んだよ、コイツ。速いだけで全然質が伴ってねーじゃねーか！　脅かしやがって）

「ったく。なってねーな。『金属成形』ってのはこうやるんだよ」

ウェインはハンマーを振りかぶってしっかりと鉱石に打ち付ける。

「あー、なるほど。それくらい力込めなきゃいけないんだ」

「お前は手を速く動かすばっかりで、一打一打の打ち込みが疎《おろそ》かになってんだよ。もっとゆっくり丁寧にやれ」

「うぃっす」

ウェインとアイズはペースを緩めて丁寧に鉄を打ち始めた。

鉄は崩れることなく、鎧を形作っていく。

ロランはその様子を注意深く見守った。

(とりあえずは成功かな)

ウェインは無事ノルマを達成するとともに、調子を損ねていたステータスを回復するのであった。

【ウェイン・メルツァのステータス】
腕力《パワー》：60(↑20)－70
耐久力《タフネス》：60(↑20)－70
俊敏《アジリティ》：40(↑20)－50
体力《スタミナ》：60－70

【アイズ・ガルナーのスキルとステータス】
・スキル
『金属成形』：B(↑1)

Aクラスの世界

『竜の熾火《おきび》』では、エドガーが『精霊《せいれい》の工廠《こうしょう》』対策に充てる追加予算をメデスに申請していた。

「ギルド長、こちら認可の方よろしくお願いします」

「追加の予算か。まあ、今回は事情が事情だからな。やむをえんか」

メデスは億劫《おっくう》そうにエドガーの提出してきた書類にサインした。

（ふー。一時はどうなることかと思ったが、これでまた新しい装備を作ることができる。待ってろよ『精霊《せいれい》の工廠《こうしょう》』。次こそは完膚なきまでに叩き潰してやるぜ！）


ロディは設計図を描いていた。

紙に線を引いていると、まだ白紙の部分にぼんやりと線が浮かび上がってくるのが見えた。

（なんだ？　まだ、何も描いていないのに設計のイメージが……）

ロディの異変に気付いたロランは『鑑定』してみた。

（これは……嬉《うれ》しい誤算だな。ロディの方が先にAクラスになったか）

【ロディ・リービットのスキル】

『製品設計』：B→A
ロランは以前から考えていたAクラス装備の製造に着手することにした。

工房《アトリエ》の錬金術師達を集めて、会議を開く。

「みんなこれを見てくれ。ロディが昨日作成してくれたAクラス装備の設計図だ」

ロランは設計図をボードに貼り付けて、みんなに見えるようにした。

「Aクラス装備の設計図……ですか？」

アイナが首を傾《かし》げた。

「そう。ロディのスキル『製品設計』は本来、冒険者と装備の適応率を上げるためのスキルだ。だが、Aクラスの『製品設計』は錬金術師の装備製造をサポートし、スキルアップを促してくれる。これを見てくれ」

ロランは1つの立派な弓矢を取り出して全員に見えるようにした。

ウェインは見覚えのあるその弓矢に目敏《めざと》く反応して、にわかに敵意をたぎらせ始める。

（あれは……エドガーの……）

ロランもウェインの表情の変化を見逃さなかった。

（エドガーの弓矢に反応した。やはりウェインは『竜の熾火』との間に何か確執があるようだな）

「アイナ。この弓は『竜の熾火』カルテットの1人、エドガー・ローグの作品だ」

「カルテットの……」

アイナはその極限まで鍛えられた鉄の弓につい見とれてしまう。

その弓は鋼鉄製で全身真っ黒にもかかわらず、黒曜石のような煌《きら》めきを帯びていた。

（凄《すご》い。『金属成形』だけで鉄の弓をここまで鍛えられるなんて）

「アイナ、君はこの弓矢を超える作品を作るんだ」

「えっ？　私が……この弓をですか？」

「ああ、君のスキルならエドガーを上回る作品が作れるはずだ」

【アイナのユニークスキル】

『金属成形』：B→A

『外装強化《コーティング》』：B→A

（たゆまぬ努力の甲斐《かい》もあって、『外装強化《コーティング》』はBになった。だが、所詮はBクラス。こ

のままでは優秀な錬金術師止まりだ。『精霊《せいれい》の工廠《こうしょう》』でエースをはるためには、Aクラス以上になってもらう必要がある）

「まあ、そういうわけでウェイン。今回、エドガーを倒すのはアイナに譲ってやってくれ」

ロランは気楽な調子で言った。

（エドガーを倒すだと？　こいつ、本気かよ）

ウェインはロランの真意を測りかねて、探るようににらむ。

しかし、ロランはニコニコと愛想よく笑ってみせるだけだった。

ウェインはロランのことが不気味になってきた。

（こいつは一体……）

こうして工房《アトリエ》はAクラス装備の製造に着手した。

アイナはロディの描いた設計図を訝《いぶか》しげに眺めた。

「本当にこの通りに作って、Aクラスの装備ができるんですか？」

「まあ、いいからやってみなよ」

「これくらいなら、設計図なんてなくても全然作れると思うんだけどなぁ」

「いいから」

「はーい」

アイナはボヤきながらも鉄の塊にスキル『金属成形』を施していく。

するとアイナが4、5回ほど打撃を加えるだけで、四角い塊に過ぎなかった鉄はみるみるうちに湾曲して、弓形に変形していく。

しかし突如、鉄の塊から光点が消える。

（あれ？　光点が消えた。まさか、成形限界？）

金属には『金属成形』で鍛えられる限界値があった。

その限界値を超えるとそれ以上はどれだけ叩いても装備の威力や耐久を高めることはできない。

（ちょっと強く叩きすぎたか。次はダメージを与えすぎないよう細心の注意を払わないと）

アイナは再び『金属成形』で鉄の塊から弓矢を生成していく。

（よーし。今度こそ設計図通りに……あれっ？）

またしても光点が消失した。

（どうして？　今回は正確に打ったはずなのに。まさか時間《タイムリミット》切れ？）

『金属成形』は最初の一撃を加えると、その時から制限時間《タイムリミット》が発生する。

そして制限時間《タイムリミット》を越えれば、どれだけ加工してもそれ以上ステータスが上がることはない。

(簡単だと思ってたけど、意外と難しいわこれ。腕力《パワー》1単位の精度とそれを素早くこなす俊敏《アジリティ》が求められる。どうしようかな)

アイナは中途半端に仕上がった弓矢を前にして、しばし考え込む。

(しょうがない。『外装強化《コーティング》』でステータスを底上げしよう。最善を尽くせばロランさんも納得してくれるよね)

アイナは弓矢に『外装強化《コーティング》』を施して、ステータスを底上げした。

「これでよし。ロランさんできましたー」

しかし、ロランからの返事はにべもないものだった。

「ダメだ」

「えっ？　どうしてですか？」

「『外装強化《コーティング》』を使っている。今回は『金属成形』だけでエドガーの弓矢を超えて欲しいんだ」

「でも……これでもエドガーさんの弓矢は超えてるし、いいじゃないですか」

「ダメだ。これではモニカを満足させることはできない」

「……」

「今後、『外装強化《コーティング》』を使うことは一切禁止する。『金属成形』だけでAクラスの弓矢を完成させるんだ」

「うう。はい」

アイナはションボリしながら、作業台に戻っていった。

（柔軟な発想ができるのはアイナのいいところだが、要領が良すぎるのも考えものだな。錬金術師にはどうしてもクオリティを追求する一徹さが必要だ。さて、ユニークスキルを封じられた状態でどこまでできるか。見せてもらうよ）

アイナは作業工程を紙に書いて、打数と与えるダメージについてまとめてみた。

1打目：60
2打目：70
3打目：30
4打目：70
～
10打目：60

（必要な打数とダメージはこんな感じか。どうしてもこの3打目。この急激に威力が下がる3打目で力を込めすぎちゃうのよね）

アイナは作業台の前で思い悩む。

（どうしよう。何が問題なのかははっきり分かっているのに、どうすればいいのか分からない）

ロランはアイナの様子を注意深く見守っていた。

（自力でここまで課題を特定できたのは流石《さすが》だな。やはり彼女は『工房管理《アトリエ》』Aの器）

【アイナ・バークのスキル】
『工房管理《アトリエ》』：B（↑1）

（だが、今はここらが限界か。助け舟を出そう）

「アイズ。君も成形してみてくれ」

ロランが言った。

「え？　俺がですか？」

鉄を運搬していたアイズは手を止めてロランの方を見る。

「他人の作業を見ることで、アイナも何か摑《つか》めるかもしれない」

「分かりました。やってみます」

アイズは小気味よく鉄を打っていく。

しかし、設計図通りにはいかない。

「あれ？　上手《うま》くいかないっすね」

「速く打ちすぎだよ。もっと腕力《パワー》を込めないと」

「えー、でもこのくらい速くしないと制限時間《タイムリミット》になっちゃいますよ」

「そこがこのクエストの難しいところだな」

（あ、分かったかも）

アイナは作業を再開する素振りを見せる。

「アイナ、何か分かったのかい？」

「はい。ちょっとやってみますね」

（振りを短くすれば、速さを保ちつつ威力を弱めることができる！）

アイナは3打目の振りを短くしてリズムよく鉄にハンマーを打ち付けていく。

（で、できた？）

（難所を越えたな。あとは1人で乗り越えられるだろう）

ロランはさりげなく下がって、一歩引いた場所から彼女の成長を見守ることにした。

アイナはその後も試行錯誤を繰り返した。

（3打目のコツは掴んだ。あともう少し……。制限時間《タイムリミット》内に成形を完了させるには、リズムを整えなきゃ。ドン、ドン、コン。こんな感じかな？　よし。これでいきましょう）

そして、その瞬間はついに訪れる。

のべ10回目のトライでついにハンマーを打ち込んだ鉄にAクラスの輝きが放たれる。

【弓Aのステータス】
威力：100
耐久：100

「おおー。凄い」

「やりましたね。アイナさん」

アイズとロディが拍手する。

(や、やった。でも……)

アイナは自ら鍛えたAクラスの弓矢を前にしてどこか物足りなさを感じた。

『外装強化《コーティング》』と『炎を吸収する鉱石《ファイアフルト》』を使えば、もっと強化することができる気がする。

(でも、せっかく作ったAクラスの弓矢だし……)

「アイナ。何かアイディアがあるんだろ？　自由にやってごらん」

「ロランさん。でも、この弓矢はやっとできたAクラス……」

「大丈夫だよ。失敗しても怒らないから」

「はい」

アイナには金属の内部が透き通るように見えていた。

金属の密度、研磨度合い、元素の結びつき。

それらの関連が、理屈ではなく肌感覚で分かるのだ。


【アイナ・バークのユニークスキル】

『金属成形』：A（↑1）

（ついにアイナの『金属成形』がAクラスになった。ここから先は僕にも彼女に何が見えてるのか分からない。今、彼女に見えているのは、凡人には決して届かない世界、Aクラスの世界だ！）

アイナはAクラスの弓矢を削り、空いた部分に『外装強化《コーティング》』を施していく。

（この部分に緑の『外装強化《コーティング》』を。そしてこの部分に『炎を吸収する鉱石《ファイアフルト》』を施せば……）

【弓Aのステータス】
威力：140
耐久：140

「ロランさん、これ……」

「ああ、おめでとう。君はAクラスの錬金術師だ」

【アイナ・バークのユニークスキル】
『金属成形』：A
『外装強化《コーティング》』：A（↑1）

「やったー」

アイナは手を挙げて喜ぶ。

「よくやったねアイナ」

「はい。ロランさん、私っ」

アイナは感極まってついついロランに抱きついた。

（うっ）

アイナの柔らかい体つきの感触がロランの体の至るところを刺激してくる。

「ア、アイナ。そろそろ……」

ロランはアイナの肩をそっと抱いて、優しく離した。

「?」

アイナは不思議そうに首を傾《かし》げる。

（ふー。危ない危ない）

長く不遇の時代が続いたため無頓着であったが、最近になって、ようやくロランも自分が結構モテることを自覚しつつあった。

そして、自分が女性に弱いことも。

そのため、部下と、特に女性の部下とあまり親密になり過ぎないよう自分に言い聞かせていた。

なにせ、アイナはなかなかどうして魅力的な娘だった。

活発な雰囲気を醸し出すポニーテール、そして凜《りん》とした気の強そうな瞳と可憐《かれん》な顔立ちが絶妙に調和している。

何より作業服越しに伝わってくるその胸の膨らみときたら、モニカと同じくらい豊かなものだった。

組織の理論

首尾よくメデスから追加の予算を獲得したエドガーは、再び『精霊《せいれい》の工廠《こうしょう》』潰しを進めていた。

「シャルル、パト、リーナ。全員いるか？　いるな。よし。それじゃあ、会議を始めるぞ」

パトは会議に参加している顔ぶれを見て、首を傾げた。

（ウェインがいない？　どうして？）

パトの疑問をよそにエドガーは会議を進める。

「先日、『暁の盾』と『天馬の矢』の討伐を依頼した『竜騎士の庵《いおり》』だが、なんとあいつら返り討ちにされやがった。情けねぇ」

「『竜騎士の庵』がやられたんですか？　一体どうして？」

リーナが言った。

「それがどうもこっちにも問題があったようでな」

「どういうことですか？」

「ウェインの奴《やつ》が作った装備だ。これを見ろ」

エドガーは例の鎧《よろい》を台の上に置く。

「これは……」

パトは鎧の装甲の薄さを見て絶句する。

「ウェインがこれを？　ひどい……」

リーナも唇を両手で覆った。

「味方に後ろから刺されたんじゃあ、さしものBクラス戦士《ウォーリアー》ブレダも形無しだ。ったく、ウェインの野郎、やってくれるぜ。まあ、そういうわけで今回は特別に追加で予算が下りることになった。ただし、次同じ失敗をすることは許されねーぞ。いいな？」

「あの、それで今、ウェインはどこに？　最近、ギルド内でも彼の姿を見かけませんが……」

パトが聞いた。

「ウェインは解雇された。当然だよな？　あいつは俺達《たち》を裏切って利敵行為に走ったんだからよ」

「なぜ、ウェインはそんなことを？」

「ああ？　知らねーよ。そんなもん。ウェイン本人にでも聞いてみないことにはな！」

「聞くところによると『精霊《せいれい》の工廠《こうしょう》』に買収されたそうだね」

シャルルが助け舟を出すように言った。

「おお、そうだ。あいつ敵の『精霊《せいれい》の工廠《こうしょう》』に買収されたんだよ」

エドガーが思い出したように言った。

(ウェインが裏切った？　そんなまさか。ウェインがあんな鎧を作るなんて考えられない。ウェインは確かに負けん気が強すぎてトラブルを起こしがちだけど、それでもわざと負けるなんて、そんなことする奴じゃない)

「『精霊《せいれい》の工廠《こうしょう》』は思ったより厄介な連中だぜ。なにせ、ウェインを買収して裏切らせようってんだからな。お前らも気を付けろよ。どこに裏切り者が潜んでいるかわかったもんじゃねえ」

(どうする？　このままだとウェインは裏切り者の汚名を着せられてしまう。親友があらぬ嫌疑で追い落とされようとしているのに、それを見て見ぬ振りするなんて。それは友情に背くことではないだろうか)

パトがそんなことを思い悩んでいるとリーナが袖を引っ張った。

(リーナ？)

(パト、ダメだよ。エドガーに口答えしちゃ。自分の立場を悪くするだけだわ)

パトは視線だけでリーナの言いたいことを汲《く》み取った。

その後、パトは会議中、一言も喋《しゃべ》ることなく沈黙を貫いた。

一方その頃、『精霊《せいれい》の工廠《こうしょう》』には『暁の盾』と『天馬の矢』が『アースクラフト』を集め終えて帰ってきていた。

ロランは彼らを労《ねぎら》った後、装備の受け取りを済ませると一息ついた。

「お疲れ様です。ロランさん」

「ああ、モニカ。君こそお疲れ。休まなくて大丈夫かい？」

「はい。私は採掘作業を免除されていたので」

「そっか。なんだか悪いね。休暇中なのにこんなに働いてもらって」

「いえ、そんな。ロランさんに喜んでいただけるなら私はそれで……。でもそうですね。何か頑張ったご褒美をいただけると、嬉《うれ》しいかな」

「もちろん。君のために特別にご褒美を用意してあるよ」

「本当ですか？」

「ああ、君を驚かせようとこっそり用意を進めていたんだ」

「ええー、そうなんですか？　何かなぁ。楽しみだなぁ」

「今、見せるよ。君のために開発した新装備を！」

「わーい。新装備だー」

モニカはそう言って喜ぶフリをしながら内心ではしょんぼりしていた。

（もう、ロランさんったら。上手《うま》いことはぐらかすんだから。私が欲しいのはそういうの

じゃないって分かってるくせに）
　しかし、実際に運ばれてきた弓矢を見て、モニカは目を見張った。
「これは……」

『暁の盾』と『天馬の矢』が帰還したことで、『竜の熾火《おきび》』の錬金術師達も動き出した。

　エドガーはパトとリーナ、シャルルを集めて作戦を伝える。

「今回は前回よりも兵科を充実させる。盗賊《シーフ》や弓使い《アーチャー》を加えて俊敏《アジリティ》を補強すると共に、攻撃魔導師や支援魔導師を入れて白兵戦に厚みを加える」

　パトはエドガーの説明を聞きながら、思い悩んでいた。

（言うべきだろうか。言えばエドガーさんは機嫌を損ねるかもしれない。しかし、言わなければ今回の任務も失敗に終わってしまう）

「盗賊《シーフ》と弓使い《アーチャー》の俊敏《アジリティ》で高所を取ると共に、魔導師の火力で粉砕する。ふっ。我ながら完璧な作戦だぜ」

（ダメだ。もう我慢できない。言ってしまおう）

「エドガーさん、1つよろしいでしょうか？」

「あん？　何だ？」

「『竜騎士の庵』から返却された装備を見たところ、いくつかの鎧は、弓矢による損傷が甚大です。おそらく敵には相当強力な弓使い《アーチャー》がいるのだと思われます。何か対策を立てておくべきではないでしょうか？」

「おいおい、パト。今さらそれはないんじゃないの？」

　シャルルが割って入ってきた。

「先日の会議でも結論は出ただろ？　前回失敗したのはウェインのせいだ。君も同意したはずだよね？」

「それは……」

「もう既にギルド長にも説明して、その説明を元に新しい予算が降りてるんだ。それを今さら敵に強力な弓使い《アーチャー》がいただなんて言われても困るんだよ。前回の失敗はウェインのせいだ。敵に強力な弓使い《アーチャー》いなんていない。いいね？」

「……はい」

「もう、他に言いたいことのある奴はいねーな？　よし。それじゃ各々自分の持ち場に戻れ。抜かるなよ」

　程なくして、『暁の盾』と『天馬の矢』、そしてモニカは再びダンジョンに潜る。

　すかさずエドガーは『竜騎士の庵』に追撃させた。

　今度はBクラス戦士《ウォーリアー》に頼るばかりではなく、攻撃魔導師や盗賊《シーフ》も加えて、万全の態勢で挑ませる。

しかし、『竜騎士の庵』は強化されたモニカの弓矢を前に、以前よりもさらにボロボロの状態で帰ってくるのであった。

2人の魔導師

モニカ達が『竜騎士の庵』を撃退している頃、男女2人組の魔導師が『精霊《せいれい》の工廠《こうしょう》』を訪ねていた。

「本当は『三日月の騎士』の『巨大な火竜《グラン・ファフニール》』討伐に加わる予定だったんだ」

落ち着いた雰囲気の魔導師、ウィルは言った。

「けれども彼らの示す参加条件を満たすことができなくて。そんな時、君達の噂《うわさ》を聞いたんだ。適切な装備を作り、スキル向上のアドバイスをくれる鑑定士がいるって。ちょうど僕達も自分達の実力を見直して、スキルを向上させなければと思っていたところだから」

「お兄様、本当によろしいのですか、こんなところに相談を持ちかけたりして」

お嬢様然とした澄ました感じの魔導師、ラナが言った。

「やっぱり『竜の熾火』のような大手に相談した方がよろしいのでは？」

「ダメだよ。ラナ。そんなことを言っちゃ。ロランさんがせっかく僕達のために時間を取ってアドバイスをくれるというのに。失礼じゃないか」

「はい。お兄様……」

ラナは頬を赤く染めて上目遣いをした。

実の妹が兄に向ける視線としては少し熱っぽすぎる視線だった。

ロランは2人を『鑑定』する。


【ウィル・ウォンバットのスキル】

『爆風魔法』：C→A

【ラナ・ウォンバットのスキル】

『地殻魔法』：C→A

（Aクラスの資質を持つ攻撃魔導師と支援魔導師か……）

「事情は分かったよ。君達のスキルを伸ばす装備を用意しよう。それと、もしよければなんだが、パートナーとなるギルドも紹介できるよ」

「ほう。ここはそんなことまでしてくれるのか」

「ああ、ウチの顧客に強力な盾持ちや弓使《アーチャー》いの所属しているギルドがある。彼らも君達のスキルを必要としているはずだ」

「それはありがたい。僕達魔導師のスキルは前衛の盾持ちがいないと機能しないからね」

2人の魔導師から正式に仕事を請け負ったロランは、早速、魔導師用装備の製造に着手した。

（いよいよ。ウェインのユニークスキル『魔石切削《カッティング》』を使う時が来た。ウェインを育てるためにもまずは……）

働ける場所

魔導師用の装備を作るには、ウェインのユニークスキル『魔石切削《カッティング》』を向上させる必要があるが、ウェインはユニークスキルの向上に消極的だった。

ロランがどれだけ熱心に勧めても、『魔石切削《カッティング》』の効力に懐疑的な見方を崩さなかった。

（どうしたものかな）


ロランがウェインのことで悩んでいる頃、『竜の熾火』にはまたボロボロにされた『竜騎士の庵《いおり》』が帰ってきた。

流石《さすが》のエドガーも呆然《ぼうぜん》とする。

（なんだよ、これ。Bクラス装備が、なんでこんなにボコボコにされてんだよ。こんな芸当Aクラス冒険者でもなけりゃできないはず。一体どうなってんだよ）

ギルドから新たに追加された予算は使い果たしてしまった。

任務は失敗したのだ。

メデスのエドガーに対する評価は一段と下がるだろう。

（俺が間違っていたっていうのかよ。俺が……）

エドガーはしばらくの間、自分のミスを認められず黙り込んで、拳を握りしめ、ボロボロになった鎧《よろい》に目を落とし続ける。

そんな彼の様子を前に、周囲にいる部下達《たち》も声をかけることができなかった。

しばらくの間、誰もが口を噤《つぐ》んで、気不味《きまず》い空気が流れたが、突然エドガーが顔を上げて、パトの方を睨《にら》みつける。

「お前のせいだ」

「えっ？」

「お前が敵にAクラス弓使《アーチャー》いがいるとか変なこと言ったから、チーム全体の士気が落ちて、こんなことになったんだよ」

「なっ、なんでそうなるんですか」

「うるさい。ギルド長にはそう伝えるからな。お前らも口裏合わせろよ」

その場にいた他の者達は同意するそぶりをした。

エドガーはその場を離れて、ギルド長室の方に向かおうとする。

パトは慌てて、エドガーを追いかけ肩を摑《つか》んだ。

「待って。ちょっと待ってくださいよ」

「何しやがる。離せ！」

エドガーはパトを乱暴に振り払った。

パトは壁に叩《たた》きつけられる。

（この野郎……）

パトはその表情に憎悪を浮かべたかと思うと、エドガーに飛びかかった。

リーナが廊下を歩いていると、ガシャンと何かが落ちる音と争い合う男性の声が聞こえてきた。

（この声、エドガーと……パト？）

リーナが急いで声の方に駆けつけると果たしてエドガーとパトが揉《も》み合っていた。

シャルルが間に入って止めようとしている。

「何してる。よせよ」

「パトどうしたの？　落ち着いて」

シャルルはエドガーを、リーナはパトをそれぞれ押し留《とど》める。

そこに折悪くメデスが通りかかった。

「おい、なんだ。この騒ぎは？　お前達何をやっとるんだ？」

エドガーとパトは互いに決まりの悪そうな顔をした。

「一体どうしたというんだ？　お前達は錬金術師だろ。なのになぜ鉄を打たずに人間同士で殴り合いをしている？　一体どういう経緯でこうなった？　黙ってては分からんではないか。誰か説明せんか」

「すみません。その……『精霊《せいれい》の工廠《こうしょう》』対策で、ちょっと意見の衝突がありまして、2人とも気が立って、ついこのようなことに」

シャルルが弁明した。

「意見の衝突？　一体何を争うことがあるというんだ？　『精霊《せいれい》の工廠《こうしょう》』なんぞただの弱小ギルドじゃないか。お前達の手にかかれば一捻《ひとひね》りだろう？」

「こいつが敵にAクラス弓使《アーチャー》いがいるとかわけわかんないこと言い始めたんですよ」

エドガーが言った。

「おかげで現場は大混乱ですよ。普通にやれば勝てるのに。こいつが混乱を起こしたせいで、これじゃ勝てるものも勝てないですよ」

「でも、実際に……」

「よし。分かった。パト、お前は降格だ」

「なっ、なんでですか？」

「事情はどうあれお前達は問題を起こしたんだ。問題が起きた以上誰かが責任を取らなければならん。二度と同じことが起こらんように。分かるな？　今回の件はこれで終わりだ。以降、誰も蒸し返すことは許さん。さ、分かったら仕事に戻れ」

メデスはそれだけ言うとその場を立ち去る。

その場にいた者達は、持ち場に戻って行った。

そこに残されたのは、失意に沈んだパトと、その様子を心配そうに見守るリーナだけだった。

その後、パトは『竜の熾火《おきび》』を立ち去ることにした。

これ以上、このギルドでは働いていかないと感じたのと、何よりウェインを見捨てた自分が許せなかったからだ。

ギルバートは悲嘆に暮れるパトとリーナに『精霊《せいれい》の工廠《こうしょう》』へ向かうよう勧めた（実のところ、ギルバートは騒ぎの最初から一部始終見ていた）。

２人はギルバートの勧めに従った。

そうしてギルバートは２人を『精霊《せいれい》の工廠《こうしょう》』に送る一方で、メデスには２人がロランに唆されてこのギルドを後にしたと報告した。

ほどなくして２人が『精霊《せいれい》の工廠《こうしょう》』に加入したことは、『竜の熾火』にくまなく伝わった。

『竜の熾火』は２人に対して契約違反の賠償を求めると共に、『精霊《せいれい》の工廠《こうしょう》』に対しても訴訟を起こすことを検討し始めた。

ギルバートは自らの策略が功を奏したことに満足した。

ロランは『精霊《せいれい》の工廠《こうしょう》』を訪れたパトとリーナの面接をしていた。

【パトリック・ガルシアのユニークスキル】
『調律《チューニング》』：E→A

【リーナ・ハートのユニークスキル】
『廃品再生《リサイクル》』：E→A

（2人ともユニークスキル持ち。うちの職員として申し分ない。ユニークスキルの伸び悩んでいるウェインにとっても刺激になるはずだ）

ロランは2人を『精霊《せいれい》の工廠《こうしょう》』に雇い入れることにした。

盗賊《シーフ》の戦い方

『精霊《せいれい》の工廠《こうしょう》』では新たなメンバーと追加された作業台を迎え、気分も新たにして朝礼が行われていた。

「さて、パト、リーナ、君達にはこれからユニークスキルを伸ばしてもらう。まず、パト。君にはこの竪琴《ハープ》の音を直してもらう」

ロランは側《そば》の台に置かれた竪琴《ハープ》を指し示しながら言った。

「音を？」

「ああ。これはこの街のとある吟遊詩人から修理を依頼された竪琴《ハープ》だが、音程が狂っている。これを君に直してもらう」

ロランは竪琴《ハープ》を弾き鳴らしてみた。

それは素人が聞いてもズレていると分かる酷《ひど》い音だった。

「音程を直すって言われても……。僕は楽器なんて触ったことありませんよ」

「なに。やってもらうことは結局錬金術さ」


【スキル『調律《チューニング》』の説明】

錬金術によって楽器の狂った音程を元に戻す。

装備に対してこれを行うと特殊効果が付与されることがある。


「『金属成形』はできるよね？　この竪琴《ハープ》に対してやってごらん」

「はあ」

パトはいまいちピンと来ないまま、竪琴《ハープ》をハンマーで打ってみる。

（うっ。なんだ？）

パトは楽器を鳴らして、確かめるまでもなく竪琴《ハープ》の音程が変わったのを感じた。

（不思議な感触だ。まるで打った瞬間、楽器の内部で起こっていることが感覚的に理解できたような……。鉄を打っていた時には決して感じることのなかった感覚）

ロランが竪琴《ハープ》を鳴らしてみると、明らかに音が改善されている。

「うん。良くなってるね。スキル『調律《チューニング》』を使う感覚は何となく分かってくれたかな？　それじゃあ、このまま竪琴《ハープ》の音が完全に直るまでやってみてくれ。次、リーナ」

「はい」

「君はこの鎧から鉄を再生するんだ」

「鉄を再生……ですか？」

「そう。それが君のユニークスキル『廃品再生《リサイクル》』」

【スキル『廃品再生《リサイクル》』の説明】

成形済みの金属を再度精錬することで、金属を復元することができる。


「やり方は単純明快だ。まずこの中古の鎧を精錬窯に入れられる大きさまで破壊する。その上で精錬する。やってみてくれるかい？」

「分かりました。やってみます」

リーナは特に何も疑問を挟まず、取り組み始めた。

まず鎧をハンマーで叩いて、程よい大きさまで破砕し、窯にくべていく。

（素直な子だな。これは扱いやすそうだ）

ロランの適切な指導の下、パトとリーナは着々とユニークスキルを伸ばしていき、それに触発されたウェインもユニークスキルを伸ばして、魔導師用の杖《つえ》を完成させるのであった。


【ウェイン・メルツァのユニークスキル】

『魔石切削《カッティング》』：C（↑2）

【パトリック・ガルシアのユニークスキル】

『調律《チューニング》』：C（↑2）

【リーナ・ハートのユニークスキル】

『廃品再生《リサイクル》』：C（↑2）

『竜の熾火』と『精霊《せいれい》の工廠《こうしょう》』が小競り合いを繰り返している頃、ユガン率いる『三日月の騎士』もダンジョン攻略を進めていた。

すでに彼らは地元ギルドを率いて、一度目のダンジョン探索に向かっていた。

少し時を戻して、彼らの足跡に目を向けてみよう。

当初、ユガンと『三日月の騎士』は『竜の熾火』によって丁重にもてなされた。

ラウルもいつにない慇懃《いんぎん》さでユガンに挨拶する。

万事穏やかに進むかと思われた両者の商談だが、装備の構成を巡ってユガンとメデスの間で若干の意見の対立が起こった。

結局、ユガンの意見を取り入れることとなりその場は特に何事もなく終わったが、メデスはユガンと『三日月の騎士』に対して密《ひそ》かに敵愾心《てきがいしん》を抱いた。

『竜の熾火』との交渉を終えたユガンは、すぐに『火山のダンジョン』の調査を開始する。

『三日月の騎士』が調査し、試算した結果、彼らの資金で『火山のダンジョン』を探索できるのは三度までだと分かった。

そこで、ユガンは一度目の探索でギルドからのノルマである鉱石を採取。

二度目の探索で『巨大な火竜《グラン・ファフニール》』を討伐。

三度目の探索は予備とした。

ユガンの計画を聞きつけた地元の冒険者達《たち》は、『三日月の騎士』の強さにあやかろうと彼らの下に詰めかけた。

ユガンとしても地元ギルドの協力なしにダンジョン攻略は難しいと考え、彼らを仲間に引き入れることにした。

こうして準備を終えた『三日月の騎士』同盟はダンジョンへと足を踏み入れた。

ダンジョンの行きは順調に進んだ。

しかし、鉱石を採取した帰り道、『白狼《はくろう》』の盗賊《シーフ》達が牙を剝《む》く。

ユガンに正面から戦いを挑むのは不利と考えた『白狼』は、徹底した消耗戦を仕掛けた。

『火竜《ファフニール》』と弓使い《アーチャー》でもってして同盟を削り、ユガンが出て来たら即座に逃げる。

ユガンはどうにか敵に打撃を与えようとしたが、すでに鉱石を取得した地元ギルドは、積極的に戦おうとせず、『白狼』から攻撃を受けても戦意は鈍かった。

止《や》むを得ずユガンが体を張って、敵の攻撃を食い止める。

そうして互いに決め手に欠くまま、戦いは進行した。

『三日月の騎士』同盟は鉱石を奪われながらも、どうにか目標の8割に当たる鉱石を保有して、街に帰還することができた。

勝負は次以降の探索に持ち越され、かくして、時は現在にその針を戻す。

はしごを外された勇者

『精霊《せいれい》の工廠《こうしょう》』対策に失敗したエドガーはメデスへの報告に頭を悩ませていた。

（パトが出て行ったことで、余計なことを言う奴《やつ》は居なくなったが、ギルド長への報告はどうすっかな。これ以上追加の予算をせびればギルド長からの心証が悪くなっちまうし）

「エドガー。なに難しい顔してんの」

「ん？　シャルルか。いや、『精霊《せいれい》の工廠《こうしょう》』対策の件、どうしようかと思ってさ」

「君も大変だね。何かと仕事が多くて」

「てめっ。他人事《ひとごと》かよ」

「はは。まあまあ。そうカリカリしないでよ。また、何かあったら手伝うからさ」

「今は人手よりも予算だぜ。鉱石がないと、武器の整備も製造もできねぇ。どうしようもねぇよ」

「鉱石といえば、『三日月の騎士』帰ってきたみたいだよ」

「『三日月の騎士』……」

「うん。迎え入れる態勢を整えて準備しとくようにってギルド長が言ってた。……どうしたの？」

シャルルはエドガーがニヤニヤしているのに気づいて怪訝《けげん》な顔をした。

「いや、やっぱ俺って天才かもと思ってな」

「？」

「まあ、見てな」

（思い付いたぜ。失態を巻き返す方法をな）

街に帰った『三日月の騎士』はひとまず『竜の熾火《おきび》』に装備を預け、何はともあれ休息を取る。

しかし、そのあとすぐに『竜の熾火』から通知が届く。

先ほどの依頼を受けるわけにはいかなくなった。

このままでは預かった装備を返却するほかない。

急ぎ工房《アトリエ》の方まで来て欲しい、と。

慌てたユガンはすぐに『竜の熾火』に出向いた。

「いやー、申し訳ありませんな。ユガン殿。何度もご足労いただいて」

ユガンを迎えたメデスはニコニコと愛想良く振る舞った。

「いや、それはいいけどよ。どういうことだよ。こっちの依頼を受けられないって」

「いや、本当に申し訳ありません。実はこちらの手違いで鉱石が不足しておりましてな。

新規の依頼を受けるに受けられない状態なのですよ」

「新規の依頼って……、三度に分けてダンジョンを探索するっていうのは前から言ってたことだろ？　お前ら三度目まできっちりサポートするって言ったよな？　一体どういうことだよ？」

「そのようなこと言われましても。ないものは仕方がないでしょう？」

「ユガンさん、ちょっといいっすか？　提案があるんすけど」

隣に同席していたエドガーが発言した。

「今回の探索で『三日月の騎士』さんも鉱石を採ってきたはずっすよね？　それを今回の整備に充てるってのはどうでしょう？」

「はあ？」

流石《さすが》のユガンも当惑を隠しきれず声に出してしまう。

「ふざけんなよ。こっちは鉱石を持ち帰るために遠路はるばるこの島まで来たんだぞ。それをなんでわざわざお前らの仕事のために提供しなきゃならないんだよ」

「では、今回のお話はなかったということで。申し訳ありませんが、他の錬金術ギルドを当たっていただきたい」

（くっ、こいつら）

（ふっ、とりあえず第一段階は成功ってとこだな）

エドガーは内心ほくそ笑んだ。

無論、一連のやりとりは芝居である。

『竜の熾火』はそこまで鉱石不足に悩まされてなどいない。

エドガーが以下のようにメデスに進言したのだ。

『三日月の騎士』に保有する鉱石を供出させるべきだ。

鉱石を消費させれば彼らはダンジョンに潜る回数を増やさざるを得なくなり、『竜の熾火』を利用する回数も増える。

そうなれば『竜の熾火』はより多く代金を受け取ることができる。

メデスはエドガーの進言を受け入れた。

結局、ユガンは『竜の熾火』の要求に屈し、採取した鉱石をみすみす手放すことになった。

ラウルは作業室のドアを乱暴に開けると、エドガーに摑《つか》みかかった。

「エドガー。テメェ、どういうつもりだ！」

「あん？　ラウルか。どうしたんだよ。そんないきり立って。穏やかじゃねーな」

「どうしたもこうしたもねえ。なに、『三日月の騎士』からの依頼勝手に断ってんだ」

「何怒ってんだよ。断ったのはいわゆる駆け引きってやつさ。相手から有利な条件を引き出すため。交渉の一環だよ」

「それで俺の仕事を邪魔したってわけか？」

「ちょっ、落ち着いてくださいよ。暴力沙汰はダメですよ」

シャルルが間に割って入って言った。

「俺の仕事ぉ？　『竜の燭火』の仕事でしょ？　この仕事はギルドの総力をあげてカルテット全員で取り組んでた仕事なんだからさ。勝手に自分1人の管轄みたいに言うなよ」

「なるほど。言いたいことはそれだけか？　なら、歯ぁ食いしばれよ」

ラウルは拳を握りしめて振りかぶる。

「おいおい、ラウルよぉ。何か勘違いしてるようだが、これはギルド長の許可も得て動いてることだぜ？　文句があんなら、ギルド長の方に言ってもらわないとな」

「……」

ラウルはしばらく無言になった後、振り上げた拳を下ろして乱暴に掴んでいた胸ぐらを手放した。

そのまま無言で部屋を出て行く。

「うっ、ゲホッ。ったく、ラウルの野郎思いっきり掴みやがって」

（だが、これで『三日月の騎士』は余分にうちのギルドに金を払わざるを得なくなる。労せずしてギルドの収入は増えるってわけだ。結果的に儲《もう》けを出したんだから、『精霊《せいれい》の工《こう》

廠《しょう》』に関する失態も大目に見てくれるだろ）

竜音《りゅういん》

ロランはパトの『調律《チューニング》』した竪琴《ハープ》を『鑑定』していた。

【竪琴《ハープ》のステータス】
特殊効果：『竜音《りゅういん》』C

（やっぱり。特殊効果が付いている！）
ロランはすかさずパトのスキルを『鑑定』する。

【『調律《チューニング》』の説明】
錬金術によって楽器の狂った音程を元に戻す。
装備に対してこれを行うと特殊効果が付与されることがある。
修理した楽器に『竜音《りゅういん》』を付与することができる。

（『調律《チューニング》』の説明が更新された。スキルがランクアップするとともに方向性が定まったん

だ）

ロランはパトが作業しているのを眺めながら、この状況をどう捉えるべきか考えた。

（パトのユニークスキルが覚醒しつつある。ここは少し集中的に育成してみるか？）

「『竜音《りゅういん》』……ですか？」

作業場でロランに話しかけられたパトは、聞きなれない特殊効果に首を傾《かし》げた。

「そう。君のユニークスキル『調律《チューニング》』で調整された楽器は、竜族の怒りを鎮め、戦闘意欲を削《そ》ぐ特殊効果『竜音《りゅういん》』を宿すことになる。下層にまで『火竜《ファフニール》』が現れて冒険者を脅かしている現況を鑑みて、『竜音《りゅういん》』を操れる吟遊詩人を加えたパーティーは、それだけで他の冒険者ギルドに対して優位に立てるだろう」

（僕のユニークスキルにそんな効果が……）

「もちろん、簡単なことじゃない。『竜音《りゅういん》』の音色に合わせて楽器の調整をするのは繊細で神経を擦り減らす作業だ。だが、やってみる価値はある。君が乗り気ならギルドは全力で君をサポートするよ。どうだい？　やってみる気はあるかい？」

「……分かりました。やってみます」

早速、パトは『竜音《りゅういん》』を鳴らせる竪琴《ハープ》の作製に取り組んだ。

ロランは吟遊詩人のニコラを雇い、パトの作業をサポートした。

ニコラの演奏を聞くことによって、パトの『竜音《りゅういん》』への理解は急速に深まっていく。

(だんだん分かってきた。『竜音《りゅういん》』の音の深みが。そしてどうすればより良い音が出るのかも)

【竪琴《ハープ》のステータス】
特殊効果：『竜音《りゅういん》』B

一方で『三日月の騎士』は再度ダンジョン探索の準備を整え、『火山のダンジョン』に集結しつつあった。

彼らは『竜の熾火』からより良い条件を引き出そうと粘り強く交渉し、可能な限り地元の冒険者を調練したが、芳しい成果は得られなかった。

結局、根本的な解決策はないまま、なし崩し的に前回と同じ方法を取ることに決まり、ダンジョンに突入することになった。

ユガンは同盟を前にして演説する。

内容は以下のようなものであった。

事の成否を決するのは精神力である。

盗賊《シーフ》ギルドによる妨害については何の問題もない。

前回のダンジョン探索で盗賊《シーフ》ギルドには致命的な打撃を与えている。

あと一息で殲滅《せんめつ》できるだろう。

もはや彼らの命運は風前の灯である。

『三日月の騎士』団員および同盟に参加した地元ギルドの面々にあっては、より一層の奮起を期待する。

ユガンの演説に聴衆達《たち》は歓声をあげ、冒険者達の士気は高まった。

（やれやれこの俺が根性論に頼らねばならないとはな）

ユガンはそう自嘲せずにはいられなかったが、すぐに気を引き締めた。

（弱気になるな。ここで俺が弱気になれば敵の思う壺《つぼ》だ。盗賊《シーフ》供から召し捕った捕虜は20人に上る。これは奴《やつ》らにとっても決して軽くない損害のはず。ここはどうにか踏ん張るぜ）

一方、『白狼《はくろう》』の陣営でも第二ラウンドの準備は着々と整いつつあった。

「ジャミル。新規の弓使い《アーチャー》補充完了したぜ」

ロドは地元ギルドからかき集めてきた弓使い《アーチャー》の一団を指し示しながら言った。

いずれもCクラスの実力を持つ弓使い達《アーチャー》である。

これでユガンとの戦いによって出た損害はほぼ補塡《ほてん》することができた。

「そうか。よし。よくやった。こっちの準備も整っているぜ。ザイン」

「おうよ」

ジャミルに呼ばれて1人の男が現れる。

そのBクラス魔導師、ザインの腕には『竜頭の籠手《ドラグーン》』が嵌《は》められていた。

「お、間に合ったんだな。『竜頭の籠手《ドラグーン》』」

「ああ、セイン・オルベスタの装備していたものに比べると、威力はやや落ちるが性能は折り紙付きだ。なにせあの天才錬金術師ラウルの作ったものだからな。ククッ」

(これでユガンへの対策もバッチリだ。待っていろよ『三日月の騎士』。今度こそてめーらの採取した鉱石、根こそぎぶん取ってやるぜ！)

たとえ先が見えなくても

『三日月の騎士』がダンジョンに突入する前、ユガンは聴衆に向けて演説を行ったが、その聴衆の中にはパトの姿も交じっていた。

彼は錬金術のことだけでなく、冒険者事情についても強い関心を持っており、暇さえあれば情報収集していた。

（ユガンの演説の中に『巨大な火竜《グラン・ファフニール》』を討伐するという宣言はなかった。２回目の探索で『巨大な火竜《グラン・ファフニール》』を討伐するんじゃなかったのか？　何か予定を変えざるを得ない事情が……？　まさか。『竜の熾火《おきび》』と何かトラブルがあったのか？）

パトが考えあぐねているうちに、『三日月の騎士』は全ての準備を終えてダンジョンに突入しようとする。

『三日月の騎士』と同盟を結んだ地元ギルドの面々も続々彼らに続いた。

パトはさらなる情報を得ようと、『三日月の騎士』と同盟ギルドの顔ぶれを見ていると、そこに見覚えのある少女がいることに気づいた。

カルラだった。

驚いたパトは思わず近づいて話しかけた。

「カルラ!?　君、グラツィア家のカルラじゃないか？」

「ん？　お前はガルシア家のパトリック……」

「君、まさか『三日月の騎士』の同盟に参加するのかい？」

「ああ、そうだよ。前回は選考が厳しくて加わることができなかったが、今回の追加募集ではどうにか紛れ込むことができた。『巨大な火竜《グラン・ファフニール》』討伐に帯同できそうだ」

「……意外だな。君が外部ギルドに手を貸すなんて」

「『三日月の騎士』に手を貸すわけじゃない」

「えっ？」

「ユガンを殺すためだ」

「なんだって!?　でもユガンはSクラス。君の力では……」

「だったらなんだ？」

カルラは凄《すご》んでみせる。

「『巨大な火竜《グラン・ファフニール》』は元々私達『竜葬の一族』が葬るのが習わしだ。ユガンが『巨大な火竜《グラン・ファフニール》』に手を出すというのなら、奴がダブルSだろうが何だろうが関係ない、この剣で亡き者にする」

カルラは竜の紋章がついた宝刀の鞘《さや》を握りしめながら言った。

（『竜葬の一族』。この島で代々『巨大な火竜《グラン・ファフニール》』を葬る儀式を取り行ってきた。でも、今は

滅びて忘れ去られた一族だ。なのにカルラ、君はまだ……)

「そんなことよりお前は何をしている？　錬金術一家であるガルシア家も破産して、跡取りであるお前は、『竜の熾火』で働いていると聞いたが？」

カルラはパトの新しい服装を怪訝《けげん》そうに見た。

それは『竜の熾火』の制服ではなかった。

服には金槌《かなづち》を持った精霊の紋章が刻まれている。

「僕は『竜の熾火』を抜け出したんだ。あそこでの働き方に耐えられなくて。今は『精霊《せいれい》の工廠《こうしょう》』というギルドで働いている」

(『精霊《せいれい》の工廠《こうしょう》』……。ロランの錬金術ギルドか)

『三日月の騎士』と同盟ギルドがダンジョンに入り始める。

「『三日月の騎士』が動き始めたか。では、私は行ってくるよ。じゃあな」

「待てよ。カルラ」

パトはカルラの腕を摑《つか》んで引き止めた。

「今、僕の働いている『精霊《せいれい》の工廠《こうしょう》』は……なんというか……いい職場なんだ。ギルド長のロランさんは本当に職員のことを第一に考えてくれるし。地元の冒険者ギルドの育成にも携わっている。もしよかったら君も……」

「その『精霊《せいれい》の工廠《こうしょう》』とやらに入れば私は『巨大な火竜《グラン・ファフニール》』を倒せるようになれるのか？」

カルラは冷笑を浮かべながら言った。

「それは……」

「ロランに伝えておけ。『巨大な火竜《グラン・ファフニール》』には手を出すなと。もし、手を出せば、その時は……、私がロランを殺す」

カルラはパトの手を振り払って同盟に付いて行く。


作業場に戻ったパトは、浮かない顔で鉄を成形していた。

（カルラの言い分には無理がある。この島はもはや外部の冒険者ギルドの力を借りなければ『巨大な火竜《グラン・ファフニール》』を抑えることはできない。とはいえ、感情面ではきっとカルラに同意したがる人は多いだろうな。でも、だからって……）

「パト、少しいいかい？」

ロランに話しかけられて、パトはハッとした。

「先日、この工房《アトリエ》に来た吟遊詩人ニコラから正式に依頼を受けた。『竜音《りゆういん》』Aの竪琴《ハープ》だ」

「『竜音《りゆういん》』Aの竪琴《ハープ》……ですか？」

「そう。『竜音《りゆういん》』Aの楽器を作って、『火竜《ファフニール》』の怒りを鎮めることができれば、『暁の盾』や『天馬の矢』のダンジョン探索を強力に支援することができるだろう。そこで、うちでは今から少しの間、君のユニークスキルを鍛えることに集中したいと思っている。パト、今後、君は『調律《チューニング》』だけに専念するんだ」

パトは複雑そうにうつむく。

「パト、どうかしたのかい？」

「えっと、その……」

（まさか、こんなタイミングで重要な任務を任されるとは。光栄なことではあるけれど……、でも……今の僕は……）

パトの頭からはまだカルラのことが離れなかった。

「何か悩み事かい？」

「えっと、その……」

「仕事に関わることかい？」

「その……直接僕には関係ないことなんですが、どうしても気になって……」

「今回のクエストと相反するのかい？」

「それも……分かりません」

パトはうなだれる。

「パト、よければ、君の悩み聞かせてくれないかな？　もしかしたら、何か助けになれるかもしれない」

（ロランさんなら、何かいい方法を教えてくれるかも）

まだ知り合って短いながらも、パトはロランに対して尊敬の念を覚えていた。

「ロランさん、実は……」

パトは自分の悩みを話してみた。

ユガン率いる『三日月の騎士』が、『竜の熾火』と何かトラブルを抱えていること。

自分の知り合いが外部冒険者への反発心からユガンの暗殺を企てていること。

どうにかこの問題を解決したいと思っていること。

「なるほど。確かにそれは頭の痛い問題だね」

「はい」

「ただ、すまない。それに関しては僕にもどうにもできない。『三日月の騎士』も助けたいし、君の知り合いを止めたいのは山々なんだが……」

「やっぱり、そうですよね。いえ、僕の方こそすみません。こんなどうしようもないことを相談してしまって……」

「ユガンはSクラス冒険者だ。不意打ちの攻撃を喰《く》らったとしても、そう簡単にはやられないと思うし、年端もいかない少女に対して残忍な処罰を下すような大人気《おとなげ》ないことはしないと思う。ただ、ダンジョン内でのことだ。何が起こるかは分からないから、気休めは言えないな」

「いえ、ありがとうございます。少しだけすっきりしました」

「けれども、そうだね。そんな風に悩みを抱えているようなら、確かにユニークスキルの向上は難しいかもしれない。どうする？　『三日月の騎士』が帰ってきて、君の知り合いの安否が確認できるまでは、ユニークスキルの件は先送りにするかい？」

「……」

（これだけ目をかけてもらってるんだ。ロランさんは誠実な人だし。どうにか期待に応えたいけれども……）

パトが思い悩んでいると、ロランはふっと笑った。

「パト、何も今すぐ結論を出す必要はないんだ。しばらく考えて決心がついたらいつでも声をかけてくれ。僕は君の才能を信じている」

「ロランさん……」

パトはしばらくの間悩んだが、結局、カルラの帰還を待たずしてユニークスキルの向上に取り組むことにした。

ロランとパトは早速、ユニークスキルの向上に取り組んだ。

ロランはまずパトが集中して、竪琴《ハープ》の音に耳を傾けられるように防音設備の整っている休憩室を彼専用の場所とし、終日他職員の出入りを禁止した。

そうして、パトと吟遊詩人のニコラを1日中休憩室に閉じ込めた上、『調律《チューニング》』作業と竪琴《ハープ》の演奏に集中させる。

　それでも、まだ足りないと分かると、今度は工房《アトリエ》の一室に防音部屋を作って、作業に没頭させた。

　部屋の側《そば》には街中から集められた壊れて音の外れた竪琴《ハープ》を置く棚が設置される。

（本当に『調律《チューニング》』以外何もやらせないつもりか。ここまでスキルの向上に集中させられるのは初めてだな。『竜の熾火』とはまた別の厳しさだ）

　パトはここに初めて来た日のことを思い出す。

　面接でロランは『竜の熾火』を倒すつもりだと言っていた。

（『竜の熾火』を倒す……。本気なのか？）

　パトは竪琴《ハープ》を少しだけ鳴らしてみた。

　竪琴《ハープ》の音は、壁によどみなく反響して、しっかり音を伝えてくれる。

　パトはロランの手抜きのない仕事ぶりに嘆息した。

　ロランは本気でパトのユニークスキルに賭けているのだ。

（やれやれ。『竜の熾火』を抜け出したと思ったら、今度は『竜の熾火』を倒せ……か。どこに行っても競争からは逃げられない。僕はただ誰かのために尽くしたいだけなのに。でも……）

　パトは悩みを振り払うように竪琴《ハープ》の『調律《チューニング》』を再開する。

（これだけのサポートを受けた以上、錬金術師として最高の一品を作らないわけにはいかない）

パトは演奏を一通りこなして、1つ1つの音に耳を傾けてみた。

（2番目の弦の出す音が少し高いな。これだと演奏の肝心な部分で音が外れてしまう）

次第に熱心さを増していくパトの様子をロランは見守っていた。

（だいぶ集中してきたな。沈思黙考して作業に没頭している。これが彼本来の姿……）

その静かさは覚醒の前触れのようだった。

パトは金槌を握り直す。

竪琴《ハープ》は完成真近だった。

（この竪琴《ハープ》を完成させて、果たしてその先に続く道が正しいのかどうか。それは分からない。でも……）

――僕は君の才能を信じている――

（カルラ。僕はロランさんについて行くことにするよ）

パトは新たな決意を胸に竪琴《ハープ》の弦を金槌で軽く叩《たた》く。

弦の太さが微妙に調整されることで、竪琴《ハープ》の『調律《チューニング》』が完了した。

竪琴《ハープ》の弦は光り輝き始める。

「ロランさん、できました。『鑑定』お願いします」

【竪琴《ハープ》のステータス】
特殊効果：『竜音《りゅういん》』A

【パトリック・ガルシアのユニークスキル】

『調律《チューニング》』：A（↑2）

「うん。『竜音《りゅういん》』Aになってるよ」

「本当ですか？」

「ああ、君もAクラス錬金術師の仲間入りだ。パト」

「……はい」

パトは窓の外、火山の方を見る。

（カルラ。たとえ、君がなんと言おうとも僕はここで、『精霊《せいれい》の工廠《こうしょう》』で働き続ける。どれだけ微力であろうとも、地元の冒険者の助けになる。次に君に会うときは、きっとまっすぐ向き合ってみせるよ）

パトが『竜音《りゅういん》』Aの竪琴《ハープ》を完成させている頃、再びダンジョンに潜り込んだ『三日月の騎士』一向は、『メタル・ライン』に辿《たど》り着いていた。

『三日月の騎士』および地元ギルドの面々は早速、地面から露出してキラキラと光る鉱石の採取に取り掛かる。

地元ギルドの者達《たち》を見ながら、ユガンは思案していた。

このまま帰ったとしてもまた『白狼《はくろう》』と消耗戦を演じた上、『竜の熾火《おきび》』に翻弄されるだろう。ならばいっそのこと……。

ユガンは決意した。

単騎で『巨大な火竜《グラン・ファフニール》』に挑む。

後のことを副官に託すと、ユガンはテントに戻ったふりをして、そのまま1人『不毛地帯』へと足を踏み入れた。

神速の俊敏《アジリティ》でもって、風のように素早く移動し、瞬く間に山頂付近、『巨大な火竜《グラン・ファフニール》』のテリトリーすぐ側まで辿り着く。

俊敏《アジリティ》封じ

『巨大な火竜《グラン・ファフニール》』は火山の火口にその身を横たえて寛《くつろ》ぎながら、ユガンが近づいてくるのを感じていた。

恐ろしく俊敏《アジリティ》の高い剣士。

斥候に出た『飛竜《ワイバーン》』は、そのように報告してきた。

『巨大な火竜《グラン・ファフニール》』は自分の周りで眠っている眷属《けんぞく》達を見回した。

100体はいるであろう『火竜《ファフニール》』達は、『巨大な火竜《グラン・ファフニール》』が一声上げれば立ち所に目を覚まして、加勢してくれるだろう。

とはいえ、神速の俊敏《アジリティ》を持つ敵に対して、それだけで十分な備えと言えるだろうか。

『火竜《ファフニール》』達が肉の壁となり地面を埋め尽くせば、ユガンの俊敏《アジリティ》は防げそうだが、それでも打撃を被るのは避けられまい。

『巨大な火竜《グラン・ファフニール》』はしばらく思案した後、『竜核』と呼ばれる鈍色《にびいろ》に輝く宝珠と狼《おおかみ》の骨肉、竜の鱗《うろこ》に自らの血を塗り付けて、マグマの中に浸した。

しばらくするとマグマの中から竜の鱗と狼の牙、しなやかな四肢を備えたモンスターが這《は》い上がってくる。

俊敏《アジリティ》に特化した新種の竜族、『ファング・ドラゴン』の誕生である。

『不毛地帯』を駆け抜けて、『巨大な火竜《グラン・ファフニール》』のお膝元、灰色の地面の広がる場所まで辿り着いたユガンは、自分の第六感が警鐘を鳴らしているのを感じた。

(やばいっ)

この先に待ち受けている敵は『巨大な火竜《グラン・ファフニール》』だけではない。

新たな脅威が待ち受けている。

(今、行けば確実に殺《や》られる！)

ユガンは身を翻して脱兎《だっと》のごとく来た道を引き返していった。

『巨大な火竜《グラン・ファフニール》』は、接近しつつあった脅威が立ち去っていくのを感じた。

どうやらすんでのところでこちらの動きに感づかれたようだ。

『巨大な火竜《グラン・ファフニール》』はなぜバレたのかと首を傾《かし》げながらも、先ほど創り出した新種の竜族を解き放ち、ユガンを追撃させることにした。

狼の脚力と竜の鱗を兼ね備えたそのモンスターは、崖のようにそそり立った火口を瞬く間に登りきり、ユガンの後を追いかけていった。

全速力で『不毛地帯』を駆け下りてきたユガンは、部隊に合流する。

「悪い。待たせちまったな」

「いえ、それよりも大丈夫ですか？　その……あまり顔色が優れないようですが」

副官はユガンの顔色を心配そうに見た。

彼は顔中汗だくで息を切らしてる。

その様は全力で死地を逃れてきた者のそれだった。

「大丈夫だ。だが、すぐにここを発《た》つぞ」

「というと？」

「『巨大な火竜《グラン・ファフニール》』の僕《しもべ》が後を追ってきてる。おそらくAクラス相当のモンスターだから、盗賊《シーフ》達と戦いながら、相手するのはちょっと骨が折れるぜ」

「出発の準備はいつでもできています」

「そうか。なら、急いで行くぞ」

ユガンの合流した同盟は、慌ただしく荷物をまとめて山を降り始めた。

すぐ様、盗賊《シーフ》達が仕掛けてくる。

戦いは前回と似たような展開を辿った。

まず『火竜《ファフニール》』が襲ってきて、それに『三日月の騎士』が対応する。

逆側からは盗賊《シーフ》の弓隊が矢を放ってきて、地元ギルドが防御に当たる。

前回と少し違うのは、『白狼』側が『竜頭の籠手《ドラグーン》』と撒菱《まきびし》を投入してきたことだった。

『竜頭の籠手《ドラグーン》』は地元の防御力の低い冒険者達に致命傷を与えたし、撒菱《まきびし》はユガンの俊敏《アジリティ》を封じた。

一方で、『白狼』の側は撒菱《まきびし》が撒《ま》かれた地面でも傷付かずに歩くことができる『鉄足』を用いて、自由に移動した。

『三日月の騎士』は次々繰り出されてくる『白狼』の新兵器に対し、苦戦を強いられたが意地を見せ、最後は血飛沫《ちしぶき》と鉄の破片が飛び交い、悲鳴と怒号が鳴りひびく凄惨な戦いを繰り広げた。

その後は双方とも負傷者をかばいながらの行軍となったため、相手にちょっかいをかける余裕はなく、互いに相手の動きを窺《うかが》いながら山を降りていった。

『三日月の騎士』は鉱石を奪われ、削られながらもどうにか街へと帰還する。

沈む三日月

ユガンを見失った『ファング・ドラゴン』は、新たな獲物を求めて『火山のダンジョン』を彷徨《さまよ》っていた。

所詮、彼は『巨大な火竜《グラン・ファフニール》』によって屍《しかばね》から造られた人形。

あと数日で朽ち果てる運命だった。

ならばせめて最後に、誰か冒険者を殺したい。

そうしてダンジョン内を彷徨っていると、おあつらえ向きの相手を見つける。

『ファング・ドラゴン』は踵《きびす》を返して、彼らの下に急行した。


モニカは『三日月の騎士』同盟と『白狼』の戦いを『鷹の目《ホークアイ》』で見守っていた。

（よかった。ユガンさんはどうにか街に帰れそう）

ロランに言われて、なるべく同盟と盗賊《シーフ》の戦いに巻き込まれないよう距離を取っていたが、内心ではユガンがやられはしないかと気が気でなかった。

よそのギルドとはいえ一度は一緒に戦った仲だ。

すぐ側《そば》で気の毒な目に遭うのは見たくない。

（それにしても盗賊《シーフ》の人達、予想以上に強い。ユガンさんをあそこまで追い詰めるなんて。決して突出したクラスの冒険者がいるわけじゃないけれど、対人戦に慣れてるんだ。これはロランさんに報告しておいた方がいいかも）

モニカが『鷹の目《ホークアイ》』の視点を切り替えようとすると猛スピードでこちらに近付いてくる1つの影が見えた。

（えっ？　何これ？）

モニカは慌てて影を捕捉しようとしたが、あまりに速くて正体を摑《つか》めなかった。

（とんでもなく俊敏《アジリティ》の高いモンスター！　こっちに来る）

モニカはレオン達の方を振り返った。

「皆さん、急いで荷物をまとめて。強敵が来ます！」

『暁の盾』と『天馬の矢』は、モニカの突然の指示に戸惑いながらも戦闘の準備を始めた。

（みんなロランさんのメニューをこなして強くなった。Bクラス相当の実力はある。だけど……、指揮官がいない。この状態で、戦えるの？）

モニカ達は崖と斜面に挟まれた細い道上に布陣した。

道なりにやって来た敵を迎撃するには絶好の地形である。

「いいですか。敵は非常に俊敏《アジリティ》の高いモンスター。接近戦になれば厄介です。幸い、こちらには弓使《アーチャー》いが5人います。出会い頭に弓射撃でダメージを与えて戦いを優位に進めますよ」

　モニカは自分で言いながら、自分のアイディアに疑問を持った。

（もし、初撃をかわされたら？　その後はどうする？　Ａクラス相手にこんな戦い方で本当にいいの？）

　モニカの不安は的中した。

『ファング・ドラゴン』は直前で方向転換して、斜面からモニカ達の背後に回り込んだ。

（回り込まれた！）

「後ろから来ます！　準備して！」

　全員眉をひそめた。

　モニカは先ほど前から敵が来ると言ったばかりではないか。

「どいて！」

　モニカはエリオを押しのけて最後尾に移動する。

　すぐに『ファング・ドラゴン』が斜面を駆け下りながら、一行の背後に飛び込んでくる。

（矢を番《つが》え……、ダメ。間に合わない！）

『ファング・ドラゴン』が大口を開けて噛《か》み付こうとしてくる。

　モニカは咄嗟《とっさ》に弓を手放して、腕を顔の前で交差させ受け身を取る。

『ファング・ドラゴン』の牙がモニカの腕に食い込んでくる。

『ファング・ドラゴン』はそのままモニカを押し倒して、取っ組み合いながら、斜面を転がり落ちる。

「うぐっ」

「っく、このっ」

モニカは『ファング・ドラゴン』の腹を蹴り上げた。

『ファング・ドラゴン』はモニカの体を離れて宙を舞う。

（……軽い？）

『ファング・ドラゴン』は地面に落下すると、転がって起き上がり、すぐにまた加速して走り出す。

モニカもすぐに起き上がった。

腕からはダラダラと血が流れてくる。

「はぁ、はぁ」

（腕力《パワー》は……そこまで高くない。速さに特化してる。まるで俊敏《アジリティ》の高い冒険者を捕まえるために生まれてきたような、そんなモンスター……）

腕がズキリと痛んで、顔をしかめた。

（咄嗟に防御したけど、ステータス……削られちゃったな）

モニカは『鷹の目《ホークアイ》』で周囲を見回した。

辺りには平地が広がっている。

(広い場所に引き摺《ず》り込まれてしまったか。俊敏《アジリティ》の高い方が有利かな)

「モニカ！　大丈夫か？」

崖の上からハンスが声をかける。

「そのままそこにいて！」

モニカは降りて来ようとするハンス達《たち》を制止した。

「弓を寄越《よこ》して！　早く！」

ハンスはモニカに向かって弓を投げる。

(やっぱり私に指揮はムリ。1人で戦う方法考えよう)

モニカは『ファング・ドラゴン』の位置を確認した。

少し離れたが、またこちらに向かってくる。

(スピードに乗った状態の敵に命中させるのは難しい。ただ、敵もあのスピードでは方向転換するのは難しそう。肉を切らせて骨を断つ。ダメージ覚悟で、近付いてきたところに体をぶつけ、矢を射《う》ち込めば、いける……かな？)

『ファング・ドラゴン』が高速で近付いてきた。

モニカは進路に立ち塞がろうとする。

しかし、その時、空をつんざくけたたましい鳴き声が聞こえてきた。

（まさか！）

『火竜《ファフニール》』の群れが空に現れた。

そのうちの1匹が『火の息《ブレス》』を放とうとしてくる。

「チィッ」

モニカは向きを変えて、『火竜《ファフニール》』を撃ち落とした。

しかし、その隙に『ファング・ドラゴン』がモニカの肩を爪で斬りつけて走り去って行く。

「あうっ」

モニカはよろめきながらも、なんとか踏みとどまって反撃しようとする。

しかし、その時には残りの『火竜《ファフニール》』は山陰に、『ファング・ドラゴン』は雑木林の陰に
逃げこんでしまっていた。

「モニカ。大丈夫か？」

「平気。気にしないで」

そう言いつつも、モニカの顔色は優れなかった。

肩を庇《かば》いながらおぼつかない足取りで、立っているのがやっとという感じだった。

ジェフは歯噛《はが》みした。

（くっ。なんとかならねーのかよ。でも、下手に加勢したら足を引っ張りそうだし。く

そっ）

　モニカは先ほどの敵の攻撃を分析する。

（示し合わせたように空と地上から攻撃してきた。コミュニケーションをとって連携してる。やっぱりあの新種は竜族なんだ。でも、どうする？　『火の息《ブレス》』を食らうわけにはいかないし。このままじゃジワジワと削られていくだけ。考えろ。ロランさんならどうする？）

　モニカはレオン達の方をチラリと見る。

（せめてロランさんがいれば、彼らと連携を取れるよう指揮してくれるのに。ロランさんっ）

　再び、『ファング・ドラゴン』と『火竜《ファフニール》』が連動して、こちらに向かってくる。モニカは『火竜《ファフニール》』の方に向かって走り出した。

（先に『火竜《ファフニール》』を倒す！）

『火竜《ファフニール》』もモニカを迎え撃つべく照準を合わせてくる。

　撃ち合いになろうというところでモニカは青ざめる。

（ウソ。腕が上がらない）

『火の息《ブレス》』が放たれる。

　モニカは目を瞑《つぶ》った。

その時、爆風がモニカの上空に巻き起こって、『火の息《ブレス》』をかき消した。

「えっ？」

モニカは目をパチクリさせる。

「わー、凄《すご》いですお兄様」

「うん。この杖《つえ》、凄い威力だね」

崖の上、レオン達のいる場所に新たな人物が２人加わっていた。

２人とも魔導師の格好をしている。

ウィルとラナだった。

（あの人達は……魔導師？　『精霊《せいれい》の工廠《こうしょう》』の武器を持ってる。援軍？）

ウィルは杖に刻まれた『精霊《せいれい》の工廠《こうしょう》』の紋章を指でなぞった。

「対『火竜《ファフニール》』用に作られた、対空攻撃魔法用の杖。銀製でもないのにこれほどの威力を出せるとはね」

（『精霊《せいれい》の工廠《こうしょう》』、錬金術の腕は本物だな）

「あの、あなた達は一体？」

クレアがおずおずと尋ねた。

「僕はウィル。こっちは妹のラナ。ロランに言われて来たんだ。君達の訓練に加わるようにって」

「まさかこんな修羅場になっているとは思いませんでしたけどねー」

攻撃を邪魔されて怒った『火竜《ファフニール》』達は、ウィルの方に向かってくる。

「お兄様。『火竜《ファフニール》』が来てます。『爆風魔法』でやっつけましょう」

「うーん。それもいいけど、この位置で撃ち落とすとあの弓使い《アーチャー》の娘《こ》を巻き込んでしまうかもしれない。ここはニコラ、君がなんとかしてよ」

「はいはい。ちょっと失礼しますよ」

後ろの方から、竪琴《ハープ》を抱えた吟遊詩人のニコラが現れた。

すぐに不思議な『竜音《りゅういん》』の音色が奏でられる。

すると『火竜《ファフニール》』は敵意を鎮めて山の頂上へと帰っていった。

「竜が立ち去っていく……」

一同は、狐《きつね》につままれたような気分で見守った。

(ロランの奴《やつ》、またこんな凄い装備を作ったのか。まったく驚かせてくれるよ)

ハンスは呆《あき》れたように苦笑した。

危機を脱して全員力が抜けそうになるが、息つく暇もなく、土煙と共に『ファング・ドラゴン』がモニカに接近する。

「なんだあいつ？　『竜音《りゅういん》』が効かない？」

ウィルが訝《いぶか》しげに目を細めた。

「Aクラスの竜族かもしれません。この竪琴《ハープ》で操ることができるのは、Bクラスの竜までです」

「ラナ。君の支援魔法でどうにかかならないか?」

「はい。やってみます」

ラナは『地殻魔法』を唱えた。

モニカと『ファング・ドラゴン』の間の地面がせり上がる。

しかし、『ファング・ドラゴン』はせり上がった地面のブロックをほぼ垂直に駆け登っていった。

「あいつ、なんて脚力だ! 『地殻魔法』がまるで意味をなしていない」

(でも、私の『鷹の目《ホークアイ》』なら向こう側にいる敵の動きも摑《つか》める!)

モニカは『ファング・ドラゴン』が駆け上って来る地点を割り出し、最後の力を振り絞って弓矢を構える。

モニカの方へ不用意に飛び込んできた『ファング・ドラゴン』は、一瞬空中をゆっくりと漂う。

モニカはその一瞬を逃すことなく、『一撃必殺』で『ファング・ドラゴン』を仕留めた。

肉片と骨がパラパラと降りしきる中、モニカはその場にペタンと座り込む。

激闘が終わって、力が抜けると無性に寂しくなって、誰かに抱きしめてもらいたくなってきた。

崖の上にいる者達が降りてきて、モニカに声をかけていく。

モニカは力なく微笑《ほほえ》む。

(やっぱり私はロランさんでなきゃダメなんだ。ロランさん、抱きしめてくれるかな)


ユガンは損耗した装備を整備するべく、『竜の熾火《おきび》』を訪れていた。

エドガーが対応する。

「いやー。すみません。ユガンさん、今、あいにく手元の鉱石が切れていましてね」

エドガーはニヤニヤ笑いながら言った。

「申し訳ありませんが、依頼を受けることができないんですよ」

「またかよ。どうにかなんねーのか？」

「いやー。ホント申し訳ないんですけどね」

エドガーはあくまで人を食ったような態度で話し続ける。

(こうなったら搾《しぼ》れるだけ搾《しぼ》り取ってやるぜ。3回の探索と言わず、4回でも、5回でも、6回でも……何回でもダンジョン探索に挑戦してもらうぜ、ユガンちゃんよぉ)

「ラウルはどうした？　あいつと話がしたいんだが……」

「ラウルは交渉担当から降ろされましてね。今後は私が担当させていただきますよ。で、どうします？　前回みたいに『三日月の騎士』の方で鉱石を用意していただければ、すぐにでも取り掛かれるのですが？」

「……少し、考えさせてくれ」

ユガンは『竜の熾火』の廊下を歩きながら考えた。

副官からの報告によると、鉱石の調達率は70パーセント。

『竜の熾火』に提供すれば、また一からのやり直しとなるだろう。

ラスト1回のダンジョン探索で鉱石を採取しつつ、『巨大な火竜《グラン・ファフニール》』を倒すなんてことができるだろうか？

（無茶だ。『巨大な火竜《グラン・ファフニール》』にはまだ隠し球があるんだぞ。『白狼《はくろう》』の連中も次はさらなる対策を施してくるに違いない）

「くそっ。何か手はねーのか」

状況はどんどん悪くなるばかりだった。

（しょうがねえ。こうなったら……）

夜遅く、みんなが寝静まった頃、『三日月の騎士』隊員達はこっそりと港に向かって調達した鉱石を船に積み込む。

そして、そのまま朝イチの船便で島を出て行った。

（これ以上『竜の熾火』と『白狼』の奴らに翻弄されるぐらいなら帰った方がマシだろ。

ギルドのノルマは達成できていないが、それでもすっからかんに搾り取られて帰るよりかはいくらかマシだ）

人々は『三日月の騎士』の電撃的な退散にしばし呆然《ぼうぜん》とした。

その日のうちに三日月の旗は宿から撤去される。

島の人々はまたもや外から来た冒険者ギルドに失望するのであった。

違約金

『三日月の騎士』が撤退した。

そのことによりあるはずだった『竜の熾火』の仕事はなくなり、エドガーはギルド長室でメデスに怒られていた。

「エドガー！　どういうことだ？　お前、言ったよな？　鉱石の拠出を渋れば、『三日月の騎士』からより多く金貨を搾り取れるって。それがどうだ？　あいつら金を落とすどころか、島から引き上げちまったじゃねーか」

「あれー？　おっかしいなー。情報によると、あいつらはまだ3回目の探索を残してるはずなのに……」

「この後に及んで3回目もクソもねーだろ。ツメが甘いんだよお前は。普通に支援してりゃあ3回目の製造・修理費も取れたかもしれないのに。お前のせいでオジャンだよ。テメェこの責任どう取るつもりだ？　ああ？」

（くっ。このヤロォ。俺1人にだけ責任押し付ける気かよ。自分もノリノリで俺の案にゴーサイン出してたくせによぉ）

「エドガー、お前先月も目標未達だっただろ。今月も無理だったら、お前分かってんだろーな？　ただじゃおかねーぞ」

エドガーは小一時間説教されるのであった。

エドガーがメデスに絞られている頃、ロランはリーナを工房《アトリエ》の屋上に連れ出していた。

最近の彼女の成長ぶりは目覚ましく、それについて特別に褒めようと思ってのことだ。

「『廃品再生《リサイクル》』のスキル、Ｂクラスになってたよ。よく頑張ってるね」

「ありがとうございます」

「さて、それはそうと……」

ロランは視線を背けながら言った。

「リーナ。君、何か隠してるよね？」

「えっ？　な、何のことですか？」

「『竜の熾火』からこんな物が届いたんだ」

ロランは訴状を取り出した。

その内容は、パトとリーナの２人を『竜の熾火』との契約期間が残っていると知りながら、引き抜いたことについて問い質《ただ》すものだった。

リーナはキュッと唇を結んで固まってしまう。

「パトにも聞いてみたんだ。彼は本当に何も知らないようだった。でも君は違う。そうだろう？」

「えっと、その……」

「契約違反でここに来たのだとしたら、当事者である君達《たち》にも訴状が届いているはずだ」

「……」

「教えてくれ。ギルド長として早急に対応しなければならない。君達のためにも」

「……はい」


ギルバートは誰か利用できるバカはいないものかと探しながら、『竜の熾火』の廊下をうろついていた。

すると向こうの方から彼のよく知る人物が歩いてくるのが見えた。

ロランだった。

（はぁっ？）

ギルバートは慌てて柱の陰に隠れる。

「ちょっと。困りますよ。勝手に施設内に入られては。ねえ、ちょっと」

ロランは止めに入る受付の者も無視してずんずん奥に入っていく。

（ロランのやつ、一体なんでここに？　まさか俺がここで工作してんのを嗅ぎつけたのか？）

「はあー、ったくあのジジイ。小一時間も説教しやがって」

エドガーは首をコキコキ言わせて、凝りをほぐしながら愚痴った。

「はは。災難だったね」

シャルルが笑いながら言った。

「災難なんてもんじゃねーぜ。こっちの身にもなれっての」

「話長いからねぇ、ギルド長も。あれ？　あの人って……『精霊《せいれい》の工廠《こうしょう》』のギルド長じゃ？」

「あん？」

エドガーがシャルルの見ている方を見ると、確かにロランだった。

2人は何とも言えない表情でロランが通り過ぎるのを見送る。

「なんだあいつ？　出禁になったんじゃなかったのか？　なんでウチの施設に入ってるんだ？」

「ギルド長室に向かっているようだね」

ロランは『竜の熾火』のギルド長室に向かいながらリーナとのやり取りを思い出す。

彼女は言った。

「パトは今、大事な時期だから。なるべく集中させてあげたかった。ロランさんに迷惑がかかると知ったらパトはきっとここを出て行くって言い出すから……」

リーナはそう言った。

「ロランさん、本当にごめんなさい」


やがてロランはメデスのいるギルド長室前に辿《たど》り着く。

折しも、メデスが部屋から出てくるところだった。

メデスはロランを見て、ギョッとする。

「アンタは……ロラン!?　なんでここに」

「呼ばれたから来たまでですよ」

ロランは訴状を取り出して、メデスに突きつけた。

「パトとリーナの契約違反について、この訴状をこちらに送ってきたのはあなたでしょう？」

陰から見ていたエドガーは慌てた。

（おい……、まさかパトとリーナをウチに戻すつもりか？　やめろよ。せっかく2人を追い出して『精霊《せいれい》の工廠《こうしょう》』対策の責任が有耶無耶《うやむや》になりかけてんのに。蒸し返すなよ！）

ロランとメデスのやり取りは続く。

「そうか。それで何をしに来たんだ？　ん？　また性懲りも無くウチに取引を持ち掛けに来たのか？　それなら生憎《あいにく》だが、帰ってもらおうか。ウチにはアンタの見え透いた詐欺に構っている暇はないんでな」

「私もあなたと取引するつもりはない！」

　ロランは厳しい調子で言った。

「この島に来て、あなたに協業を断られ、錬金術ギルドを開いてから、私なりにずっと観察させてもらいましたよ。その結果、よく分かりました。『巨大な火竜《グラン・ファフニール》』の災禍は、『竜の熾火《おきび》』とあなたの杜撰《ずさん》な経営によって引き起こされたものだ！　私は『金色の鷹《たか》』幹部として、ギルドにあなたとの取引を勧めるわけにはいかない！」

「なんだアンタは。そんなことを言うためにわざわざここに来たのか？　こっちは忙しいんだが……」

「ええ。だからもう二度と会わなくてすむよう、話をつけに来たんです。これを……」

　ロランは金貨の入った袋を取り出してメデスに放り投げる。

「……これは？」

「パトとリーナ、2人の違約金です。これで2人への訴訟は取り下げてもらいたい。あの2人は今、伸び盛りの大事な時期なんです。あなた方の横槍《よこやり》で成長を阻まれるわけにはいかない」

（(なんだ。そんなことで来たのかよ。ビビらせやがって）)

柱の陰から聞き耳を立てていたギルバートとエドガーは、自分達の悪事がバレたわけではないと知って、ホッと胸をなでおろすのであった。

ロランは誓約書を取り出して、メデスに突き出した。

そこには金貨と引き換えに訴状を取り下げる旨が書かれている。

「これにサインを。そうすればもう今度こそ私がここに訪れることはありません」

「……いいでしょう」

メデスはため息をつきながら書状にサインした。

ロランは控えを取って立ち去る。

「やれやれ。一体なんなんだあいつは……」

メデスはそうボヤきながら、ロランを見送るのであった。


ウェインは『竜の熾火』に向かって走っていた。

ロランが『竜の熾火』に向かったと聞いたためだ。

「あの野郎っ」

彼が『竜の熾火』に辿り着いた時、ちょうどロランが『竜の熾火』から出てくるところだった。

「ロラン、テメェ……」

　ウェインはロランの胸ぐらを摑《つか》みかねない勢いで詰め寄った。

「ウェイン？　なんでここに……」

「なんでもクソもねぇ。てめぇ、何勝手に俺を差し置いて1人で『竜の熾火』に殴り込みに行ってやがんだ」

「殴り込みじゃないよ。大人の話し合いをしたまでさ。それに今回の件は、君とは関係ないよ」

「ああ？　いつまでそんな寝ぼけたことを……」

「ウェイン、よせ」

　ウェインを追いかけて来たパトが後ろから肩を摑んで止める。

「ロランさん、すみません。僕のせいで迷惑をかけたみたいで……」

「パト。『竜の熾火』のギルド長とは話をつけてきた。訴状は取り下げてもらうことになったよ。今後、君は間違いなく『精霊《せいれい》の工廠《こうしょう》』の職員だ。まさか、辞めるなんて言わないよね？」

「……はい。誠心誠意あなたの下で働かせていただきます。たとえ何があってもあなたについていきます」

将帥の器

『ファング・ドラゴン』を討伐したモニカ達は、『精霊《せいれい》の工廠《こうしょう》』へと帰還した。

モニカの持ち帰った竜核をロランが『鑑定』したところ、例の『ファング・ドラゴン』はやはりAクラスモンスターだった。

ロランはモニカに惜しみない賞賛を与える。

モニカはそれだけで胸がじんわりと温かくなるのであった。

その後、ロランによって新種の竜族がクエスト受付所に登録され、そのモンスターは正式に『ファング・ドラゴン』と命名された。

後日、モニカにはダブルAの称号が贈られることになる。


午後になると、レオンがロランに用事があると言って『精霊《せいれい》の工廠《こうしょう》』を訪ねてきた。

レオンからの相談は、以下のようなものだった。

『魔導院の守護者』と『三日月の騎士』の同盟で割りを食い、窮乏している地元ギルドが多数ある。

彼らのためにどうにか『精霊《せいれい》の工廠《こうしょう》』の方でクエストを出してやることはできないだろ

うか？

ロランはレオンとの話を聞きながら、ディランとのやり取りを思い出していた。

「『炎を弾く鉱石《ファイアレスト》』が足りない？」

「ああ、そうなんだよ」

ディランはほとほと困ったように言った。

彼は『精霊《せいれい》の工廠《こうしょう》』の材料調達も任されている。

「先日、『三日月の騎士』が撤退する際、ほとんどを持って帰ったみたいでな。『竜の熾火』も在庫をことごとく使い果たしたみたいだし。街の市場ではどこもかしこも売り切れだ。参ったよ。お手上げだ」

（『炎を弾く鉱石《ファイアレスト》』の不足。『竜の熾火』の求心力の低下。これは仕掛けるチャンスかもしれないな）

「分かったよ。レオン。『精霊《せいれい》の工廠《こうしょう》』の方でどうにか冒険者向けのクエストを工面してみる」

「本当か？　恩にきるぜ」

ロランは冒険者50人分の装備製造を受付けて、アイナ達に製造を指示した。

装備の製造は工房《アトリエ》にて急ピッチで進められる。

アイナ達《たち》が工房《アトリエ》で製造に取り組んでいる間、ロランは冒険者間の調整作業に当たっていた。

それぞれの予定と状態、ニーズを聞き出して、ダンジョンに突入する日取りを決めていく。

彼はこの企画を『精霊《せいれい》の工廠《こうしょう》』主導の同盟として、『暁の盾』と繋《つな》がりのあるギルドだけでなく、広く島中の冒険者達に参加を呼びかけた。

『天馬の矢』とウィル・ラナの魔導師兄妹、吟遊詩人のニコラにも声を掛けたところ、みんな喜んで『精霊《せいれい》の工廠《こうしょう》』主導の同盟に参加してくれるということだった。

隊長にはロランが就任することになった。


そうして、いよいよダンジョン突入の日がやってきた。

『精霊《せいれい》の工廠《こうしょう》』に集まった冒険者達は、配られた青色の鎧《よろい》に体を通していく。

「へえー。これが『精霊《せいれい》の工廠《こうしょう》』の装備か」

「思ったよりしっかりした作りだな」

冒険者達は口々に感想を言い合いながら、装備を身につけていく。

ロランはそんな様子を見ながら、冒険者達のスキルとステータスを『鑑定』していた。

（どの冒険者もよくてCクラスってとこか。となれば使えるのはやはりこの7人……）

ロランは『暁の盾』と『天馬の矢』に所属する冒険者達を『鑑定』した。

（エリオ、ハンス、クレア、アリスについては掛け値無しにBクラスの実力。レオン、ジェフ、セシルもステータスだけ見れば十分Bクラス。スキルがBクラスになるのも時間の問題だろう）

「ロランさん、冒険者の皆さまへの装備配布完了しました」

アイナが言った。

「よし。それじゃあダンジョンに入っていこうか。『暁の盾』と『天馬の矢』はちょっと来てくれ」

ロランは『火竜《ファフニール》』には、『暁の盾』と『天馬の矢』で当たることを確認し、『暁の盾』のメンバーには特別に戦術を授けておく。

そうして全ての準備を終えると、ロランは集まった冒険者達に対して演説を行った。

「みんな。『精霊《せいれい》の工廠《こうしょう》』の主導する同盟に参加してくれてありがとう。今回、同盟の指揮をさせてもらうロランだ。以後よろしく。僕達がみんなに採取して欲しいと思っているのは『炎を弾く鉱石《ファイアレスト》』だ」

ロランが赤い光沢を放つ『炎を弾く鉱石《ファイアレスト》』を掲げてみせる。

「持ち帰った『炎を弾く鉱石《ファイアレスト》』は必ず我々『精霊《せいれい》の工廠《こうしょう》』が買い取ることを約束しよう。また、働きのよいギルドには特別に報酬を与える。僕からは以上だ」

集まった地元の冒険者達は首を傾《かし》げた。

今まで同盟を組んだことのあるギルドに比べれば随分あっさりした演説だった。

彼らは少々不安に感じながらもロランについてダンジョンに入っていった。

ダンジョン内を探索しているとモニカの『鷹の目《ホークアイ》』が敵影を捉えた。

「ロランさん、『火竜《ファフニール》』来ます。右からです」

(右か。『暁の盾』の守っているところだな)

「ジェフ『火竜《ファフニール》』が来るよ」

「ああ、こっちの『遠視』でも捉えたぜ」

ジェフはすかさずポジションを取って、弓を構える。

そこは岩陰なので、飛来してくる『火竜《ファフニール》』に対して不意打ちを食らわせることができた。

後ろにはエリオとレオン、セシルが付く。

ロランが彼らに与えた作戦は単純明快だった。

まず、ジェフが『弓射撃』を『火竜《ファフニール》』に当てて、引き付ける。

次にエリオがスキル『盾突撃』で突進し、『火竜《ファフニール》』を昏倒《こんとう》させる。

最後にレオンとセシルがとどめを刺す。

やがて『火竜《ファフニール》』が姿を現した。

突然現れた『火竜《ファフニール》』に同盟の冒険者達は動揺する。

「うわぁ。『火竜《ファフニール》』だ！」

「に、逃げろ！」

ジェフは『火竜《ファフニール》』が『火の息《ブレス》』を吐く前に矢を放った。

矢は『火竜《ファフニール》』の翼に命中する。

怒った『火竜《ファフニール》』は高度を急速に下げて突進してくる。

エリオは盾を構えながら、ロランの教えを思い出した。

（いよいよこの時が来た。果たして俺に上手《うま》くできるのか？）

ジェフとのスイッチは完了している。

『火竜《ファフニール》』は真っ直《ます》ぐエリオの方に爪を立てながら低空飛行で飛んでくる。

「エリオ、今だ！」

ロランはエリオの背中を押した。

エリオは盾を構えながら『火竜《ファフニール》』に突進していく。

「う、おおおおっ！」

エリオは盾を構えたまま、『火竜《ファフニール》』の頭部に飛び込んでいった。

体重をもろに乗せた体当たりに『火竜《ファフニール》』は昏倒してよろめき、不安定な姿勢のまま地面に着陸する。

「よし。行くぞセシル」

「うん」

セシルとレオンがエリオの両側から追い越して、『火竜《ファフニール》』に短剣《ダガー》とロングソードで斬りつける。

エリオもナイフを抜き、『火竜《ファフニール》』の腹に突き立てる。

「グ、グギィイイイ」

『火竜《ファフニール》』は断末魔の悲鳴と共に事切れる。

その場はシンと静まり返った。

地元の冒険者達は狐《きつね》につままれたような目でその光景を見ていた。

（なんだこいつら……）

（あっさり『火竜《ファフニール》』を倒したぞ）

（地元の冒険者なのに。やけに強いな）

ロランはエリオ達の下に駆け寄る。

「エリオ。よくやった。今の『盾突撃』良かったよ」

「うん。思ったより上手くできたよ」

【エリオのスキル】

『盾突撃』：B（↑1）

（早速、『盾突撃』がBになってる。幸先《さいさき》がいいな。これなら後々の探索がだいぶ楽になる）

「ジェフ、レオン、セシル。君達もよくやってくれた。今ので波状攻撃のタイミングは摑《つか》めたね？　次からも『火竜《ファフニール》』が来たらそっちに回すから。頼んだよ」

「お、おう」

レオンはあまりにもあっさり自分達が『火竜《ファフニール》』を倒せたことに戸惑いながら返事をした。

「さて……」

ロランはくるりと振り返って、先ほど逃げようとしていた冒険者達の方に厳しい視線を向ける。

「先ほどの戦闘を見て分かったんだが、『火竜《ファフニール》』との戦闘に不安を覚えているギルドが多いようだ」

「うっ……」

冒険者達は一様にギクリとして、気まずそうな顔をする。

「今後、ダンジョンの奥へと行けば行くほど『火竜《ファフニール》』に遭遇する頻度は上がっていく。今後も複数の『火竜《ファフニール》』に別々の方向から襲われることもあるだろう。が、問題はない。『火竜《ファフニール》』が来たら、『暁の盾』と『天馬の矢』に回せばいい。問題は『暁の盾』や『天馬の矢』でカバーできないほどの攻勢にあった場合だ。これだけの大所帯。2つのギルドだけで全てをカバーすることはできない。だからみんなには考えて欲しいんだ。『火竜《ファフニール》』に遭遇した時、自分達の力で何ができるのかを。敵を撃破しろとまでは言わない。防御に専念して時間を稼ぐことができるのか。それともただ逃げて他の冒険者に任せるのか。それだけでいい。次の休憩地点《セーブポイント》までに各ギルドで対処法を考えておき、僕に報告できるようにしておいてくれ」

「あ、ああ」

「分かったよ」

地元の冒険者達はロランの対応に戸惑いつつも、それぞれ話し合い考え始めた。

彼の指示は外部から来た冒険者達の投げやりな指示とは明らかに違った。

レオンは探索しながら不思議な気分だった。

（俺達も鍛錬によって向上した。『火竜《ファフニール》』を倒せたとしても驚きはない。だが……、なんだこの安心感は？　決して気を抜いているわけではないのに……）

彼はまるでダンジョンにいるとは思えないほど落ち着き払っていた。

やがて、探索を再開した同盟にまた『火竜《ファフニール》』が襲い来る。

今度は左からの攻撃で、そこに陣取っていたハンス達『天馬の矢』が対応し、危なげなく討ち取った。

「ロラン殿。いいのですか？　私の『竜音《りゅういん》』を使わなくて」

吟遊詩人のニコラが言った。

「ああ、ここは前衛だけで対応する。レオンやハンス達以外の冒険者がどこまでやれるのか見たいしね。それに……」

ロランは後ろの方を振り返る。

（このダンジョンの場合、探索には帰りもある。これだけ派手に動いて、盗賊《シーフ》達が何もせず手をこまねいているとは思えない。必ず仕掛けてくるはずだ。ニコラの『竜音《りゅういん》』及び後衛はそれまで温存する）

「退屈ですわー。お兄様」

ラナが唇を尖《とが》らせながら言った。

「働くのは『暁の盾』と『天馬の矢』ばかり。さっきから見ているだけですよ私達」

「はは。いいじゃないかラナ。ここは彼らに任せよう。それに興味深いと思わないかい?」

「何がです?」

「ロランの指揮さ」

　ウィルがロランに視線をやる。

（たった一度の戦闘で同盟全体を覆っていた不安を払拭した。これまで外部から来た冒険者とは明らかに異なるタイプ。ただの紛《まぐ》れ当たりか、将帥の器か）

　ウィルはモニカの方を見た。

（モニカ・ヴェルマーレは温存か。地元の冒険者だけでやるつもりだな。面白い）

「『金色の鷹《たか》』のS級鑑定士ロラン。どこまでやれるのか。お手並み拝見といこうじゃないか」

　同盟はまだぎこちなさを残しながらも、いつになくまとまった様子で、ダンジョンの奥深くへと進んでいくのであった。

ロランVSロド

「何？　錬金術ギルドが同盟を主導しているだと？」

盗賊《シーフ》ギルド『白狼《はくろう》』のアジトで、ジャミルは部下からもたらされた報告に眉をひそめた。

「錬金術ギルドに冒険者を率いることなんてできんのかよ」

「一体どこのギルドだ？　そんなバカなことやってんのは？」

「『精霊《せいれい》の工廠《こうしょう》』というギルドらしいです」

「『精霊《せいれい》の工廠《こうしょう》』？　聞かねー名だな」

「とはいえ、結構な数のギルドが集まってるらしいですよ。ギルドの数は10以上、冒険者は50名以上参加しているようです」

「ほお」

「それはちょっと放っておけない数字だな」

「襲うか？」

「そうだな。とはいえ、俺は今、出られない」

ジャミルは自分の身につけている装備をかえりみた。

今、彼は剣も鎧《よろい》も身につけていない。

彼の装備は今、『竜の熾火《おきび》』に預けられている。

ユガンとの戦闘で損耗したためだ。

また、市場での『炎を弾く鉱石《ファイアレスト》』の不足も相まって修復には時間がかかると言われていた。

(どうしたものか)

「俺がいくぜ」

ロドが言った。

「俺の『竜笛』は無傷だ。外部から来た冒険者もいないようだし。あり合わせの部隊だけでも楽勝だろ」

「……そうだな。ここはお前に任せるか」

「よし。それじゃ、装備に余裕があるやつは付いて来い」

ロドは損耗の軽い者だけを連れてダンジョンの方に向かっていった。

ジャミルは難しい顔をしながら、出発するロドを見送った。

「どうしたよ。ジャミル。何か気になることでもあるのか?」

「いや……」

(『炎を弾く鉱石《ファイアレスト》』の不足したこのタイミングで同盟の発足……。たまたまか? それとも狙って……?)

「ふっ。まさかな。考えすぎか」

長らく外部の冒険者に依存することに慣れきったこの島の冒険者に、そんな果断な者がいるとは思えなかった。

ジャミルは考えるのをやめてソファに深く身を沈めるのであった。

『精霊《せいれい》の工廠《こうしょう》』同盟はダンジョンの探索を進めていた。

ロランの要請を受け、『暁の盾』と『天馬の矢』以外の冒険者達《たち》もどのように貢献できるか自分達の頭で考え始めた。

それぞれ自分達のスキルとステータスを考慮した上で限界を見極め、ロランに報告する。

彼らの力を試す機会はすぐに訪れた。

『メタル・ライン』に到達した同盟の前に『火竜《ファフニール》』が3体と『大鬼《オーク》』、『武装した小鬼《ホブゴブリン》』、『爪の大きな狼《クロウウルフ》』の混成部隊が襲いかかってきたのだ。

『暁の盾』と『天馬の矢』は何も言わなくとも、左右からくる『火竜《ファフニール》』に当たった。

ロランは彼ら以外の班を指揮する。

「囮《おとり》班と防御班は『火竜《ファフニール》』を引き付けてくれ。それ以外は『大鬼《オーク》』と『武装した小鬼《ホブゴブリン》』、『爪の大きな狼《クロウウルフ》』の攻撃に備えて展開！」

部隊は半歩遅れながらも動き出し、それぞれの役割を全《まっと》うする。

『天馬の矢』の3人も『火竜《ファフニール》』を倒しながら、ロランの指揮ぶりに感心していた。

「へえ。あいつ、部隊の指揮もできるんだ。やるじゃない」

アリスが言った。

「まだぎこちないながらも、寄せ集めだった同盟が機能しつつあるわね。指揮官が有能なだけでこんなに戦いやすいなんて……」

クレアが言った。

「ふっ、ロランのやつ、また僕達に魔法をかけたようだね」

(錬金術ギルドの経営だけでなく、部隊の指揮までこなしてしまうとは。まったく。底知れない男だな)

ロランは指揮しながら彼らの働きぶりを確かめるのも忘れなかった。

使えるギルドと使えないギルドを選別していく。

「モニカ。鉱石の採掘場まではあとどのくらい?」

ロランが聞いた。

「はい。このペースでいけば、明日には1つ目の採掘場につくかと思われます」

モニカが『鷹の目《ホークアイ》』で確認しながら言った。

「よし。それじゃあ、今日はこの辺で野営するか。モニカ、君も休んでいいよ。お疲れさま」

「はい」

（やっぱりロランさんが指揮してると安心して探索できるなぁ。素敵）

モニカは改めてロランに熱い眼差《まなざ》しを送るのであった。


翌日、同盟は鉱石採掘場の目前まで辿《たど》り着く。

「ロランさん、あの丘陵を越えればいよいよ採掘場に辿り着きます」

「よし。それじゃ入る順番だけど、まずは『暁の盾』、『天馬の矢』。そのあとは『鉱石の守人』、『銀鷲《ぎんわし》同盟』、『山猫』の順で入っていこう。そのほかのギルドは一番後だ」

それを聞いて冒険者達は焦った。

明らかに貢献度の高いギルドから順番に採掘場に入ることになっている。

指揮官は殊《こと》の外冒険者達の働きぶりをしっかり見ているようだ。

彼らは同盟に貢献しなければ、あるいはロランに仕事ぶりをアピールしなければとより強く考えるのであった。

ロラン達は次の採掘場も同じ方法で探索していった。

貢献度の高いギルドから順番に採掘場への入場を許可する。

そうして、ロランは着々と部隊を掌握していった。

『メタル・ライン』に残されたほとんど全ての『炎を弾く鉱石《ファイアレスト》』は回収されていった。

あとはこれを街まで無事に持ち帰れるかどうかである。

帰り道にはロド率いる『白狼』が待ち構えていた。


ロラン達が下山し始めたところを狙って、すかさず『白狼』が仕掛けてきた。

「!! 右側から『火竜《ファフニール》』3体来ます。左からは弓使い《アーチャー》の部隊が。『白狼』です!」

モニカが叫んだ。

(やはり、潜んでいたか)

「ニコラ。『竜音《りゅういん》』だ。盾持ちの戦士《ウォーリアー》は左側に展開!」

ロランの指揮によって、同盟は滑らかに配置を変え、『白狼』の攻撃に対応する。

ニコラは右側に移動して、『竜音《りゅういん》』を奏でて『火竜《ファフニール》』の動きを止める。

盾持ちは左側に移動して、飛んで来る矢の雨を受け止めた。

(流石《さすが》はロランさん。流れるような用兵と指揮。でも、問題はここからですよ)

モニカは唇をぎゅっと噛《か》み締めながら戦いを見守る。

敵の矢が途切れたところで、ロランは再び指示を出した。

「弓使い《アーチャー》は威嚇射撃。その後白兵戦部隊は突撃だ!」

弓使い《アーチャー》は高所にいる敵に向かって矢を放った。

高所にいる敵は目に見えて浮き足立つ。

突撃する絶好のチャンスだった。

しかし、盾持ちや剣士は動かない。

「どうした？　なぜ、突撃しない？」

ロランが叱咤《しった》したが、やはり彼らは動かない。

（なるほどな。これがモニカの言っていたことか。鉱石を手に入れたからにはこれ以上消耗したくない。ゆえに戦闘に消極的になるというわけか）

こちらが攻めてこないことを見て取った盗賊《シーフ》達は落ち着きを取り戻して、再び矢を浴びせてくる。

同盟の盾隊はジリジリと後退していった。

（マズイな。このままじゃジワジワ削られて、いずれは崩壊する）

ロランは右側の『火竜《ファフニール》』の方をかえりみた。

『火竜《ファフニール》』は先ほどからどっち付かずの態度をとって、同じところをグルグル回っている。

こちらを攻撃してくるとも、してこないとも取れて、判然としない。

盗賊《シーフ》の『竜音《りゅういん》』とニコラの『竜音《りゅういん》』、どちらに従うか迷っているようだった。

とはいえ、このまま何もせずにいればいずれジリ貧に陥るだろう。

（どうする？）

戸惑いを覚えているのは『白狼』の方でも同じだった。

（『火竜《ファフニール》』が敵を攻撃しない？　なんで？　まさか！　敵にも俺と同じように『竜音《りゅういん》』を使う人間が？）

「チッ」

（参ったな。『火竜《ファフニール》』が使えないとは。こうなったら正攻法で敵を破るしかないか）

ロドは『竜音《りゅういん》』を吹くのを継続しつつも、剣士部隊に突撃準備をさせるのであった。

ニコラは『火竜《ファフニール》』が退《ひ》くよう懸命に竪琴《ハープ》で『竜音《りゅういん》』を奏でていたが、やはり『火竜《ファフニール》』達はどっち付かずの態度を示し続けた。

（くっ。やはり完全に言うことを聞いてはくれませんか。通常の竜と違い、他の『竜音《りゅういん》』に支配された竜を操るのは一筋縄ではいきませんね）

ニコラは苦しい表情をロランに向けた。

ロランもニコラが一杯一杯であることを察する。

（やはりニコラといえども敵の支配下にある『火竜《ファフニール》』を完全に操ることはできないか。となれば、剣と弓で敵を撃退するしかない）

ロランは改めて自軍の白兵戦部隊を見据える。

彼らはやはり突撃命令に従わず、敵の攻勢に対してジリジリと後ろに下がるばかりだった。

ロランはエリオの側《そば》に寄った。

「エリオ。あの高所が見えるかい？」

ロランは突き出た場所を示して言った。

矢が降りしきる中、盾に身を隠しながらの指示である。

ロランの指し示した場所は敵に占拠された他の高所とは違い、独立しており、連絡の取れない場所だった。

平らな部分も狭いため配置できる人数も限られている。

つまり敵が占拠している高所の中では最も弱い部位に当たる。

「あそこを占拠している敵を追い払って、こちらのものにしたい。やれるか？」

「分かった。やってみる」

エリオはロランの指示した高所に向かって『盾突撃』を仕掛ける。

弓使い《アーチャー》達による支援射撃の下、瞬く間に坂を駆け上がり、そこに陣取っていた敵を駆逐して、占拠した。

『白狼《はくろう》』の方でも負けじと高所の奪還を試みるが、ラナの『地殻魔法』によって防御を固める方が速かった。

盗賊《シーフ》達の高所への攻撃はことごとく跳ね返された。

逆にハンス達がその場所に陣取り、敵陣に直接矢を撃ち込むことができるようになる。

『白狼』側は上からの攻撃を恐れて白兵戦を仕掛けづらくなった。

互いに高所から物陰に隠れて、撃ち合う射撃戦となる。

結局、その日は勝負がつかなかったため、盗賊《シーフ》達は日暮れと共に退却した。


翌朝になった。

ロランはまだ空が白み始める前から冒険者達を起こすと急行軍で山を降らせた。

(敵を撃破できない以上、敵よりも先に有利な場所を占拠して防御に徹するしかない!)

ロランは部隊を走らせるだけ走らせ、防御に適した場所に辿り着くと、昼頃には辺りの高所という高所を占拠し、道という道に兵を配置して塞ぎ、どこからも攻められないようにした。

ロランの動きに気づいたロドは慌てて追いかけたが、その時にはすでに同盟は四方を完全に固め、防備を万全にして待ち構えていた。

止《や》むを得ずロドは攻撃を諦め、次の日に賭けることにした。

ロランは次の日も同じように急行軍で山を駆け下りていった。

アップダウンの激しい山道を息せき切って走り抜ける。

このような消極的戦法、『金色の鷹《たか》』でやろうものなら顰蹙《ひんしゅく》を買うこと必至である。

その日はロドも自軍を早めに起こして、走らせたが、やはりロランの方が要所を押さえるのが早かった。

ロドは同盟の陣地を見て歯噛《はが》みする。

（くそっ。なんでだよ。こっちは弓使い《アーチャー》と盗賊《シーフ》主体の軽装部隊なのに。なんで重装備でしかもアイテムを大量に持ってるあいつらの方が速く動けるんだよ）

ロランはモニカに『鷹の目《ホークアイ》』であらかじめ防御に適した場所を探し出させて、モンスターの少ない道を見極めて通っているため、重装備にもかかわらず素早く移動することができた。

また、地元の冒険者達《たち》も早く街に戻って戦果を確定させたいため、やたらと協力的であった。

次の日も、また次の日も同じ展開が続いた。

同盟は順調に街へと近づいて行き、やがて眼下に街が見渡せる場所まで辿り着く。

痺《しび》れを切らしたロドは、ロランの陣地を強襲した。

しかし、攻撃はあっさりと跳ね返され、それどころか逆に反撃を受けることになり、『白狼』は敗走を余儀なくされる。

ロランは追撃しようとしたが、盗賊《シーフ》達の逃げ足は非常に速く、捕まえることができなかった。

（なるほど。部隊単位でヒット&アウェイができるのか。よく考えられている）

ロランは追撃を諦め、むしろまた陣地を移し、部隊を街へと近づけた。

裾野の森に布陣して、街まではもう目と鼻の先である。

『白狼』の方も壊滅的ダメージを受けたわけではないので、部隊を再編して再びロランに挑もうとしたが、ロドは部隊の立て直しに手こずった。

ロランはその隙を見逃さず、裾野の森を一気に駆け抜けて、街まで辿り着く。

部隊の陣容を保ったままの堂々たる帰還だった。

冒険者達がボロボロになって帰ってくるのを見慣れた街の人々は、「珍しいこともあるものだ」と口々に言い合うのであった。

発覚

ロドが手ぶらで帰ってくるのを見たジャミルは、激怒した。

「なんだこの有様は!?　地元の雑魚冒険者相手に戦果なし？　ロド！　お前がついていながら一体何をやっている！」

「いや、なんつーかさ。すげー戦いづらい相手だった。こっちの嫌なことを的確にやってくるっていうか……」

「ハァ？」

「あのよぉ、ロド」

ザインが苦々しい顔をしながら会話に割って入ってくる。

「戦いづらいとか、嫌なこと的確にやってくるとか。そういうのは俺らが言われてしかるべき言葉じゃねーのか？　それをよりにもよって俺達が地元の冒険者に対して言わなきゃならないって……、どういうことだよ？」

「いや、違うんだよ。その……そうだ。相手にも『竜音《りゅういん》』を使える奴《やつ》がいたんだって！」

「何？　『竜音《りゅういん》』を？」

「そう。それに青い鎧《よろい》。なんかやたら硬くってさあ」

「青い鎧。そう言えば、魔導院の奴らと戦った時もいましたね。奮戦する青鎧が」

下っ端の1人が言った。

「確か奴の装備にも金槌《かなづち》を持った精霊の意匠が刻まれていたような。あれが『精霊《せいれい》の工《こう》廠《しょう》』の意匠だったのかも……」

ザインは不安げな顔をジャミルに向けた。

「なあ、ジャミル。これって……」

「チッ」

(『精霊《せいれい》の工廠《こうしょう》』。一体どこの馬の骨かと思ったが。どうやら只者《ただもの》じゃねーようだな)

ロランが街へと帰還している頃、港では『霰《あられ》の騎士』が上陸していた。

彼らは歴代の外部から訪れたギルドがやってきたように、広場で演説を行った後、『竜の熾火《おきび》』へと向かった。

メデスの歓待を受ける。

「ようこそいらっしゃいました。『霰の騎士』御一行様。当ギルドはあなた方のことを歓迎いたしますよ」

「うむ。ギルド長自らの出迎え感謝する」

髭面《ひげづら》の戦士《ウォーリアー》の大男は満足そうに言った。

「私はセンドリック。『霰の騎士』第1部隊の隊長である」

「メデスと申します」

「では、早速、商談に移ろうか」

メデスは（ようやく来た至福の時にウキウキした。

ようやく上客がやってきおったわ。ギルバート殿とすでに契約の折り合いはついておるからな。あとは装備さえ納めれば大金が転がり込んでくる）

ところが、いざ交渉の席につくと、話の噛《か》み合わないところがいくつも出てきた。

特に予算の点では金額に大きな隔たりがあり、お互い相手が何を言っているのか分からず首をひねった。

「そんなはずはありませんよ。センドリック殿。あなた方から派遣された使者、ギルバート殿からは確かにこの品目、この予算でと承っております」

「ギルバート？　誰だそれは？　おい、お前。知ってるか？」

センドリックは傍らの副官に尋ねてみた。

「いえ、存じ上げませんな。そのような者は我がギルドには居ませんよ」

メデスは首をひねった。

（はて？　どうしたことか。何か行き違いでもあったのかな？）

その後も両者の話し合いは平行線を辿《たど》った。とりあえずその日は装備を『竜の熾火』に預けるということだけ決めて、『霰の騎士』の荒くれ者達は宿へと向かうのであった。

メデスはギルバートを探すことにした。

いつもなら工房《アトリエ》のどこかをうろついているところだ。

最近のギルバートは、商談に来るだけでなく、落ちこぼれの下級職員の育成までこなしてくれるため、メデスはすっかり彼のことを信頼していた。

「おい、お前。ギルバート殿がどこにいるのか知らんか?」

メデスは下級職員の1人に聞いた。

「いえ、知りませんね」

「おい、お前」

「いえ、分かりません」

その後もメデスは工房《アトリエ》内のあちこちを探し回ったが、ギルバートの姿は一向に見当たらない。

(まあ、いいわい。明日ギルバート殿に事情を話してもらえれば万事上手《うま》くいくはず)

メデスは、ギルバートの注文とセンドリックの注文で一致している商品の製造から取り掛かることにした。

(とりあえずカルテットと打ち合わせだな)

ところが、カルテットとの打ち合わせでも問題が出てきた。

「何？　『炎を弾く鉱石《ファイアレスト》』が足りない？」

　メデスは激怒した。

「何をやっとるんだ貴様らは！　錬金術ギルドなのに『鉱石がありません』では話にならんだろうが」

「そうは言っても、本当に市場のどこにもないんですよ」

　シャルルが弁明した。

「『三日月の騎士』がまさかあんなに早く帰るとは思いませんでしたし……」

「言い訳を抜かすな。ないならないでさっさと調達してこんかいっ。大体、お前らはだなぁ……」

（また始まりやがった）

　ラウルは聞きながらウンザリする。

（怒るのはいいけど、話長《なげ》えんだよ。こっちはこの後、鉱石を調達しなきゃならねえんだから、説教は手短にしろよ）

　メデスがいつ終わるとも知れぬ説教を続けていると、事務員の1人がカルテットの工房《アトリエ》に駆け込んで来た。

「大変です！」

「なんだ一体。騒々しいやつだな」

「『精霊《せいれい》の工廠《こうしよう》』主導の同盟が、大量の『炎を弾く鉱石《ファイアレスト》』取得に成功して、街へと帰って来たとのことです」

「『精霊《せいれい》の工廠《こうしよう》』?」

メデスはキョトンとした顔になる。

「『精霊《せいれい》の工廠《こうしよう》』っていうと、例の詐欺師の?」

カルテットは訝《いぶか》しげに顔を見合わせた。

「少し前に錬金術ギルドが同盟を結成するとかなんとか言ってたが、まさかあれロランの奴がやったのか?」

「しかも、成功して帰って来た?」

「いや、まさか。そんなはずはないだろう。何かの間違いじゃ……」

「大変です」

また別の事務員が駆け込んで来た。

その手にはクエスト受付所発行の機関紙を持っている。

「『精霊《せいれい》の工廠《こうしよう》』の職員、アイナ・バークがAクラス錬金術師の認定を受けました」

「アイナ?」

リゼッタが反応した。

『精霊《せいれい》の工廠《こうしよう》』で作業していた女性職員を思い出す。

あのBクラスの装備を作るのにも四苦八苦していた彼女。

（彼女がAクラス錬金術師に？）

「それだけじゃありません。この島で初めてダブルAの称号を持つ冒険者が生まれました。モニカ・ヴェルマーレという『魔法樹の守人』所属の冒険者です。彼女は『精霊《せいれい》の工廠《こうしょう》』で作られた装備を身につけているとのことです」

メデスは鳩《はと》が豆鉄砲を食ったような顔をした。

何が起こっているのか分からなかった。

ラウルはジロリとメデスの方をにらむ。

「おい、ギルド長。どういうことだよ」

「あのロランってやつ、偽物じゃなかったの？」

リゼッタも問い詰めるように言った。

「えっ、いや、それは、その……だな」

「あんた、まさか、よく調べもせずにあいつのことを詐欺師扱いしたんじゃないだろうな？」

「ってことは……、みすみす上客を逃した上、大手ギルドを敵に回したってこと？」

「ちょっと待って。それじゃあ、あのギルバートって奴は……」

「あ、あのう」

また別の職員が言いにくそうしながら恐る恐る部屋に入ってくる。

「すみません。倉庫が荒らされていまして……、その……装備のいくつかが盗まれたみたいなんですが……」

「はぁ？　誰だよ。倉庫の管理をしていたのは」

「最近はギルバートという方に管理の一部を任せていました。それで今朝、ギルバートに倉庫の鍵を預けたのですが……。その……、先ほどから彼の姿を見かけなくて、どちらにいらっしゃるかご存じないでしょうか？」

室内の者は全員メデスの方をにらんだ。

「やっぱりあの斧槍野郎《ハルバード》がウソつきじゃねーか！」

ラウルは荒々しく机を叩《たた》いた。

「結局、ロランと『精霊《せいれい》の工廠《こうしょう》』はホンモノで、あのギルバートって奴にまんまと騙《だま》されたってわけね」

リゼッタはため息をついた。

メデスは事ここに至ってようやく自分のしでかした失態に気づいた。

（バカな。それじゃあ、あいつ……、ギルバートの奴、まさかワシを嵌《は》めたのか？）

「しかし、妙ですね。ギルバートはなぜわざわざあんな回りくどいことを。一体何が目的で……」

「そんなことはどうでもいい！」

詰しむシャルルにラウルは怒鳴った後、改めてメデスの方に向き直る。

「ギルド長、あんたこの落とし前どうつけるつもりだ？　ギルドに不利益を与えたとなれば、たとえあんたとあっても黙っちゃいられねーぞ。事と次第によっちゃこっちにも考えがあるぜ？」

「どうして、もっとよく調べなかったのよ？」

リゼッタが食ってかかるように言った。

「そ、そうっすよ。だから俺は言ったじゃないっすか。『精霊《せいれい》の工廠《こうしょう》』はＡクラス弓使《アーチャー》いを抱えてるかもしれないって」

エドガーはここぞとばかり、責任を擦《なす》り付けるべく、ラウルに同調した。

メデスはラウル、リゼッタ、エドガーに囲まれて言葉を失う。

「う、それは、それはだな……」

メデスの額に冷や汗が流れた。

（どうする。どうすれば……）

そうして一触即発の雰囲気が漂う中、シャルルがその場にそぐわぬ和やかな面持ちで両者の間に割って入った。

「まあまあ、みんな。そうカリカリせずに」

「シャルル？」

「ギルド長だって人間なんだしさ。ミスくらいするよ。それにロランが本物だからってそんなことどうでもいいじゃない」

「何？」

「こっちに歯向かってくるならやることは1つ。僕達《たち》は『竜の熾火《おきび》』の総力を結集させて『精霊《せいれい》の工廠《こうしょう》』を叩き潰せばいい。そうだろ？」

「……」

「ロランが本物の大手ギルド幹部だとしても、僕達だって『竜の熾火』。世界に名だたる錬金術ギルドだよ。今までは本業の片手間に相手してやってただけだけれど、こっからはガチの勝負だ。まさかこの中で、ロラン如《ごと》きに怖気付《おじけづ》いている、なんて奴《やつ》はいないよね？」

「へっ。ま、そうだよな」

エドガーがしたり顔で言った。

「ここはいっちょロランのやつを揉《も》んでやって、外から来た奴と俺達との実力差を見せつけてやるか」

エドガーは胸の前で拳と手の平をガシッと突き合わせながら言った。

「フン」

ラウルは納得しないまでもとりあえずはメデスへの睨《にら》みを解除した。

メデスは囲みが解かれてホッとする。

「それで、どうするの？」

リゼッタが醒《さ》めた顔をしながら言った。

「『炎を弾く鉱石《ファイアレスト》』よ。『霰《あられ》の騎士』からの依頼をこなすために必要なのに、今、ロランの奴が全部握ってるんでしょ？　しかもあいつ、つい最近ウチとは取引しないって宣言したばかりじゃない」

「当面の問題を解決するには、ロランに頭を下げて『炎を弾く鉱石《ファイアレスト》』を譲ってもらわなければならない、というわけですか」

シャルルは悩ましげに手を額に当てた。

「そういうことだな」

「で、誰がロランに頭を下げに行くの？」

リゼッタがそう言うと、全員またメデスの方を見た。

温泉旅行

　メデスは『精霊《せいれい》の工廠《こうしょう》』工房《アトリエ》前まで来たものの、踏ん切りがつかず、いつまでも店の前をウロウロしていた。

(くそっ。なぜワシがロランの奴に頭を下げなければならないのだ。ワシが一体何をやったというんだ？　悪いのはギルバートじゃないか。カルテットの奴らもロランのことを詐欺師呼ばわりして、ギルバートの詐術にまんまと騙されてたし……。特にエドガー！　そもそも『精霊《せいれい》の工廠《こうしょう》』対策を担当していたのはあいつじゃねーか！　ドサクサに紛れてワシに全責任押し付けおって)

　メデスがしばらくの間悩んでいると、やがて往来を通る人の目が多くなってきた。

　いつまでも不審者のようにウロウロしているわけにもいかず、意を決して店の門をくぐるのであった。

　しかし、生憎《あいにく》ロランは不在だった。

　連日働き詰めだったことから、長期休暇中とのことである。

(くっ、おのれ。こっちが鉱石不足で大変だというのに。よりによって休暇とは……)

その頃、ロランはというとモニカと一緒に島の東側にある温泉街を訪れていた。

火山地帯である『火竜の島《ファフニール》』は、温泉の名所としても有名だったが、特に東側には質のいい名泉が集中しており、観光地として発展していた。

この地をロランと一緒に訪れたい、それがモニカの望みだった。

ロランは、休暇にもかかわらず仕事を手伝ってくれた彼女に報いるため、ようやく取れた自分の休暇を彼女のために使うことに決めた。

ロランと2人きりになれたモニカは、ウキウキでパンフレットを開きながら、これから行く場所について話していった。

「これから行くお店は竜饅頭《りゅうまんじゅう》が名物で竜茶《りゅうちゃ》と一緒に出してくれるんです。今夜泊まる予定の『竜泉の宿』では質のいい温泉に入れるだけでなく、露天風呂からは海と岸壁の絶景が見られるんですよ」

「へえ。凄《すご》いね」

ロランはモニカが観光地に詳しいのに感心した。

彼女の情報収集能力はこのような場面でも卓越していた。

「宿までの道に竜饅頭のお店があるので、今日はそこに寄ってから宿に行こうと思います」

ロランはクスッと笑った。

「どうしたんですか？」

「いや、なんだか君の方が僕よりもずっとこの島について詳しいなと思ってさ。まだ来たばかりなのに」

「その……、ロランさんと一緒に観光したくて頑張って調べたんです」

モニカは恥ずかしそうに俯《うつむ》いた。

「モニカ……」

（わざわざ僕のために調べてくれたのか。いい娘《こ》だな）

リリアンヌよりも先に出会っていれば、きっと間違いなく彼女のことが好きになっていただろう。

宿までの道すがら、ロランとモニカは観光地の賑《にぎ》わいを楽しみ、美食と景観を堪能した。

旅館では2人一緒に部屋付きの露天風呂に入った。

温泉は聞きしに勝る効能、眼下に広がる景色も素晴らしかった。

しかし、ロランは景色よりもついついモニカに見惚《みと》れてしまう。

モニカは湯船の縁《ふち》に腰掛けながらウットリと景色に見惚れていた。

バスタオルに包まれたその肢体のふくよかな身体《からだ》つきは隠しようもなかった。

景色と温泉、そしてモニカのバスタオル姿を心ゆくまで堪能したロランは、部屋に戻ってモニカとお酒を酌み交わした。

眠る時は別々の布団で眠った。

メデスはロランが帰ってくる日に合わせて、『精霊《せいれい》の工廠《こうしょう》』の前で待っていた。

あれから彼は周囲の冷ややかな視線と苦情に耐え続ける日々だった。

カルテットからは「まだ鉱石調達できないのかよ」という無言の視線が、『霞の騎士』からは「まだ装備は製造できないのか」という苦情が寄せられていた。

メデスはあっちに頭を下げ、こっちに言い訳をして回る毎日を送り、ようやく今日という日がやってきたのだ。

(さあ、こうして何日も待たせたんだ。取引しないとは言わせんぞ)

メデスがそんなことを考えながら待っていると、ロランが向こうからやってくるのが見えた。

傍らには誰かが連れ添っている。

「あれ?　メデスさん?」

メデスに気づいたロランが声をかけた。

メデスはロランとモニカを見る。

モニカのことはついつい二度見してしまう。

(くっ、こいつ、こっちが困っている時に女と遊んでおったのか)

「メデスさん、どうしたんですかこんな朝早くに」

ロランが声をかけると、メデスは目をキョロキョロと泳がせて、身震いした。

「……ッスゥー………いえ？　なんでもありませんよ？」

メデスはそう言って身を翻し、立ち去って行った。

ロランとモニカは不思議そうに見送るのであった。


メデスが『竜の熾火』に帰ってくると、すぐにリゼッタに捕まって質問責めにされた。

「あっ、ギルド長。やっと帰ってきた。『精霊《せいれい》の工廠《こうしょう》』との交渉はどうなったんですか？鉱石を調達する目処《めど》は立ったんでしょうね？　ロランとは話がついたんですか？」

リゼッタがそう聞くと、メデスは苦虫を嚙《か》み潰したような顔をした。

「……フゥー。話は……ついておらん！」

「ハァ!?」

メデスはそのまま奥へ引っ込もうとする。

「ちょ、ちょっと待って下さい。それじゃあ『霰の騎士』からの依頼はどうするんですか？」

「うるさい！　とにかく『精霊《せいれい》の工廠《こうしょう》』との取引はなしだ。誰があんな奴と取引などするもんか！　ちくしょうめぇーっ！」

メデスは帽子を床に投げつけると、奥へとズンズン進んでいく。
リゼッタは啞然《あぜん》として、それを見送るほかなかった。

あとがき

前巻で物語の発端であるルキウスが退場しましたので、4巻ではどのように新章を展開するか迷いましたが、思い切って舞台を新たな地へと変更することにしました。

今巻では、いかにして前章からの連続性を保ちつつ、新キャラクターや新設定を作っていくかで苦労しました。

新登場したキャラクター達《たち》はいかがだったでしょうか。

活発で明るいアイナ、零細ギルドであくせくするエリオ達、好々爺《こうこうや》のお面を被《かぶ》った悪徳ギルド長メデス、出世の亡者エドガー、日和見《ひよりみ》主義のシャルル、孤高の天才ラウル、野心家のリゼッタ、黒船のように襲来するセインとアルル、反骨心の塊ウェイン、苦悩する青年パト、名家の伝統を守り続ける孤独な少女カルラなどなど。

『火竜《ファフニール》の島』を舞台に死の商人と盗賊、外来冒険者と地元冒険者を交えて繰り広げられる物語。

新たなS級鑑定士の世界をお見せすることができたかなと思います。

前巻までのキャラクター同様、皆様のお気に入りのキャラクターが一人でも見つかれば幸いです。

こうして色々なキャラクターが登場するのが私の持ち味ですが、一方で脇役に焦点を当て過ぎて、主人公のメインストーリーを疎《おろそ》かにしがちなのが弱点でしょうか。展開の取捨選択が甘いとか、話が進むのが遅いといったご指摘をよく受けます。

今後はそのあたりを課題に話作りに取り組んでいければなと思っています。

さて、5巻ではいよいよ『精霊《せいれい》の工廠《こうしょう》』と『竜の熾火《おきび》』のバトルを盛り上げていくつもりです。

また次巻で皆様にお会いできますように。

瀬戸《せと》夏樹《なつき》

作品のご感想、
ファンレターをお待ちしています

あて先

〒141-0031
東京都品川区西五反田 7-9-5 SGテラス5階
オーバーラップ文庫編集部
「瀬戸夏樹」先生係／「ふーろ」先生係

追放されたS級鑑定士は最強のギルドを創る 4

発　　行　2021年2月25日　初版第一刷発行

著　　者　瀬戸夏樹
発 行 者　永田勝治
発 行 所　株式会社オーバーラップ
〒141-0031　東京都品川区西五反田 7-9-5
校正・DTP　株式会社鷗来堂
印刷・製本　大日本印刷株式会社

Printed in Japan　ISBN 978-4-86554-846-4 C0193

オーバーラップ文庫
コミックガルドにて
コミカライズ連載中!
最凶の支援職【話術士】である俺は世界最強クランを従える
The most notorious "TALKER", run the world's greatest clan.
無敵の組織で、
"最強"の頂点に君臨
英雄だった亡き祖父に憧れ、最強の探索者を志す少年・ノエル。強力な悪魔の討伐を生業とする探索者達の中で、彼の持つ職能は【話術士】――戦闘に不向きな支援職だった。しかし、祖父の遺志を継ぎ、類稀なる才略をも開花させた彼は最強への道を見出す。それは無敵の組織を創り、そのマスターになることで……?
著 じゃき　イラスト fame
シリーズ好評発売中!!

オーバーラップ文庫
重版ヒット中!
俺は星間国家の悪徳領主!
I am the Villainous Lord of the Interstellar Nation
好き勝手に生きてやる!
なのに、なんで領民《あいつら》たち感謝してんの!?
善良に生きても報われなかった前世の反省から、「悪徳領主」を目指す星間国家の伯爵家当主リアム。彼を転生させた「案内人」は再びリアムを絶望させることが目的なんだけど、なぜかリアムの目標や「案内人」の思惑とは別にリアムは民から「名君」だと評判に!?　星々の海を舞台にお届けする勘違い領地経営譚、開幕!!
著 三嶋与夢　イラスト 高峰ナダレ
シリーズ好評発売中!!

オーバーラップ文庫
COMIC GARDO
コミックガルド
にて
コミカライズ!
第6回オーバーラップ
WEB小説大賞
【大賞】受賞!!
黒鳶の聖者
～追放された回復術士は、有り余る魔力で闇魔法を極める～
[──今日が主役《おれ》の、始まりの日だ]
回復魔法のエキスパートである【聖者】のラセルは、幼馴染みと共にパーティーを組んでいた。しかし、メンバー全員が回復魔法を覚えてしまった結果、ラセルは追放されてしまう。失意の中で帰郷した先、ラセルが出会った謎の美女・シビラはラセルに興味を持ち──?
著 まさみティー　イラスト イコモチ
シリーズ好評発売中!!

オーバーラップ文庫
第7回
オーバーラップ
文庫大賞
金賞
星詠みの魔法使い
The Wizard Who Believes in a Bright Future
キミの才能は魔法使いの
極致に至るだろう
世界最高峰の魔法使い教育機関とされるソラナカルタ魔法学校に通う上級生の少年・ヨヨ。そこで彼が出会ったのは、「魔導書作家」を志す新入生の少女・ルナだった。目的を見失っていた少年と、夢を追う少女の魔導書を巡る物語が、今幕を開ける――。
著 六海刻羽 イラスト ゆさの
シリーズ好評発売中!!

オーバーラップ文庫
今日から彼女ですけど、なにか？
KYOKARA KANOJO DESUKEDO NANIKA?
第7回 オーバーラップ文庫大賞 銀賞
卒業するために、私の恋人になってくれませんか？
卒業条件は恋人を作ること――少子化対策のため設立されたこの高校で、訳あって青偉春太には恋人がいない。このままいけば退学の危機迫る中、下された救済措置は同じく落第しかけの美少女JK・黄志薫と疑似カップルを演じることで!?
著 満屋ランド　イラスト 塩かずのこ
シリーズ好評発売中!!

第8回 オーバーラップ文庫大賞
原稿募集中!
イラスト:ミユキルリア
思いをコトバに。夢をカタチに。
【賞金】
大賞…300万円
(3巻刊行確約+コミカライズ確約)
金賞……100万円
(3巻刊行確約)
銀賞………30万円
(2巻刊行確約)
佳作………10万円
【締め切り】
第1ターン 2020年8月末日
第2ターン 2021年2月末日
各ターンの締め切り後4ヶ月以内に佳作を発表。通期で佳作に選出された作品の中から、「大賞」、「金賞」、「銀賞」を選出します。
投稿はオンラインで! 結果も評価シートもサイトをチェック!
https://over-lap.co.jp/bunko/award/
〈オーバーラップ文庫大賞オンライン〉
※最新情報および応募詳細については上記サイトをご覧ください。
※紙での応募受付は行っておりません。